T0304402

Los seres queridos

Evelyn Waugh

Los seres queridos

Traducción de Helena Valentí

Título de la edición original:
The Loved One
Londres, 1948

Diseño e ilustración: © lookatcia

Primera edición en «Compactos»: junio 1990
Primera edición fuera de colección: octubre 2024

Traducción cedida por Argos Vergara, S. A.

Pau Claris, 172
08037 Barcelona

ISBN: 978-84-339-2855-9
Depósito legal: B 11486-2024

Printed in Spain

Liberdúplex, S. L. U., ctra. BV 2249, km 7,4 - Polígono Torrentfondo
08791 Sant Llorenç d'Hortons

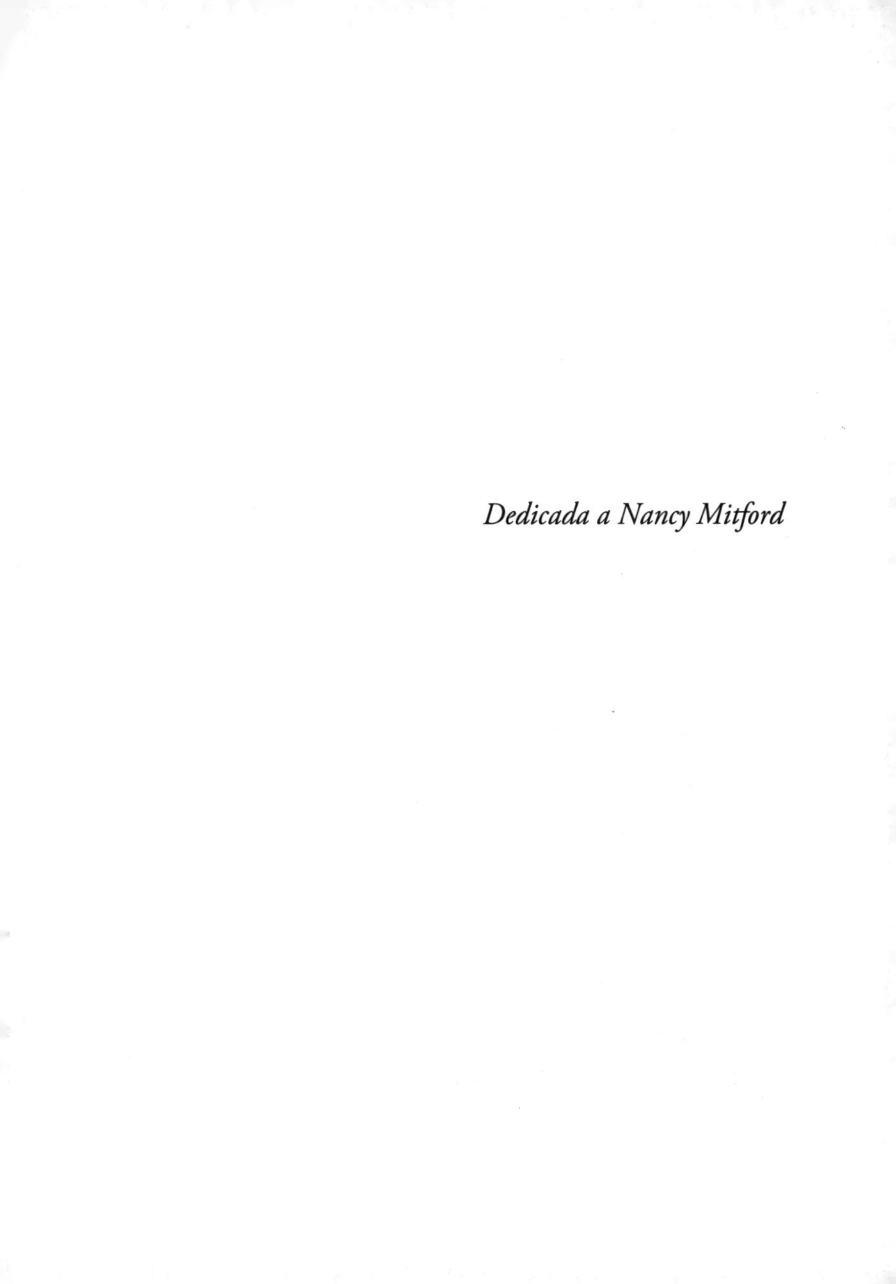

Dedicada a Nancy Mitford

Durante todo el día había hecho un calor insufrible, pero al caer la tarde se levantó una brisa por el oeste, por el lado de donde apretaba el calor del sol poniente, y del mar, que no se veía, ni se oía, oculto tras los matorrales de las colinas. Estremeciéronse los oxidados dedos de las palmeras y retumbaron los secos sonidos del estío, el croar de las ranas, el chirrido de las cigarras, y la constante vibración de la música que salía de las vecinas chozas de los indígenas.

A la suavidad de esta luz, perdieron un punto de sordidez la sucia pintura, a medias sarpullida, del chalet y los hierbajos del parterre que había entre la terraza y el hueco sin agua, y los dos ingleses sentados en sus mecedoras, con sus respectivos whiskys con soda y revistas de fecha atrasada, especímenes ambos de los incontables compatriotas desterrados también a las más bárbaras zonas del planeta, participaron del breve e ilusorio espejismo.

–Pronto aparecerá Ambrose Abercrombie –dijo el de más edad–. ¿Qué querrá? Ha dejado recado de que iba a venir. Ve a por otro vaso, Dennis, si puedes.

Acto seguido añadió con más petulancia:

–Kierkegaard, Kafka, Connolly, Compton-Burnett, Sartre, «Scottie» Wilson. ¿Esos quiénes son? ¿Qué pretenden?

–Me suenan algunos de estos nombres. En Londres se los mencionaba cuando yo me vine para acá.

–¿Se mencionaba a «Scottie» Wilson?

–No. No creo. A ese no.

–Aquello es un «Scottie» Wilson. Los dibujos de allí. ¿Te dicen algo?

–No.

–No.

La momentánea animación de sir Francis Hinsley decayó. Tiró su número de *Horizon* y dirigió los ojos hacia la mancha oscura y sombría que en otros tiempos había sido la piscina. Tenía el rostro sensible, inteligente, desdibujado ligeramente por la buena vida y el interminable aburrimiento.

–Antes era Hopkins –dijo–; Joyce, Freud, Gertrude Stein. A estos tampoco logré nunca descubrirles la gracia. Lo nuevo nunca se me ha dado bien. «La influencia de Zola en Arnold Bennett»; «La influencia de Henley en Flecker.» Es a lo máximo que llegué en cuanto a los modernos. Mis temas favoritos eran «El párroco inglés en la novela inglesa» o «Las gestas de caballería y los poetas»... y cosas por el estilo. A la gente le gustaba. Luego dejaron de interesarle. Yo igual. Era un cagatintas infatigable. Necesitaba cambiar. Nunca me he arrepentido de haberme marchado. Este clima me sienta muy bien. La gente de aquí es de lo más generosa y *no te exigen nunca que los escuches.* No te olvides de esto, muchacho. Es el secreto de la vida social de este país. Hablan simplemente por el puro placer de escucharse. No dicen nunca nada para que sea oído.

–Ahí llega Ambrose Abercrombie –dijo el joven.

–Hola, Frank. Hola, Barlow –saludó sir Ambrose Abercrombie subiendo las escaleras–. Qué día tan caluroso, ¿verdad? Tomo asiento, con la venia de la compañía. Basta –añadió dirigiéndose al joven que le servía el whisky–. Soda hasta arriba, por favor.

Sir Ambrose iba vestido con oscuros pantalones de franela y corbata de excursionista etoniano, y llevaba un sombrero de remero con cinta de *I Zingari.* Era el uniforme de los días de calor; cuando el tiempo lo permitía se ponía gorra de rastreador de venado y una capa de Inverness. No había pasado todavía de lo que lady Abercrombie pretenciosamente llamaba el «buen» lado de los sesenta, pero después de tantos años de hacerse el joven, aspiraba ahora a los honores de la vejez. Lo que más le envanecía últimamente era que la gente le clasificara de «magnífico vejete».

–Hace días que pensaba en venir. El problema de este país es que no te dejan en paz ni un minuto, en cuanto te agarran, pierdes el contacto con la gente. Y eso no está bien. Los británicos tenemos que mantenernos unidos. Y tú, Frank, no debieras esconderte, vives como un ermitaño.

–Me acuerdo de cuando no vivías tan lejos.

–¿Yo? ¡Pardiez, tienes razón! Me recuerdas viejos tiempos. Fue antes de que nos marcháramos a vivir a Beverly Hills. Ahora, como ya sabrás, vivimos en Bel Air. Pero he de confesar que no me acabo de sentir bien en este sitio. Tengo un terreno en los acantilados del Pacífico. Aguardo a que baje el costo de la construcción. ¿Dónde estaba mi casa? En la acera de enfrente, ¿verdad?

En la acera de enfrente, veinte años o más atrás, cuando el barrio, ahora en decadencia, estaba de moda; sir Francis, apenas entrado en la madurez, era en aquella época el único aristócrata de Hollywood, el decano del círculo inglés, principal guionista de Megalopolitan Pictures y presidente del Club de Críquet. Por aquellos años, el joven, o más bien el joven Ambrose Abercrombie, vivía a salto de mata, gracias a la serie de fatigosísimos papeles que le hicieron famoso, como heroico acróbata histórico, y casi cada noche se dejaba caer en casa de sir Francis para tomar un refresco. En Hollywood actualmente había títulos ingleses a montones, algunos auténticos, y a sir Ambrose se le había oído hablar despectivamente del de sir Francis como «un invento de Lloyd George». Las botas de siete leguas del fracaso habían marginado mucho al envejecido anciano. Sir Francis había descendido al Departamento de

Publicidad, y, en el Club de Críquet, figuraba en la cola junto a otros doce, que aguardaban el cargo de vicepresidente.

La piscina de su casa, que antaño había sido lucidísimo acuario de muslos de bellezas desaparecidas tiempo atrás, estaba ahora vacía, agrietada y llena de hierbas.

No obstante un vínculo de caballeros unía a los dos hombres.

–¿Qué tal en Megalo? –preguntó sir Ambrose.

–Patas arriba todo. Tenemos problemas con Juanita del Pablo.

–¿Con la «deliciosa, lánguida y lasciva»?

–Confundes los epítetos. La chica es, mejor dicho era, «adusta, fenomenal y sádica». Si lo sabré yo que inventé la frase. Cuajó de maravilla, y significó un cambio de tono en la publicidad de tipo personal.

»La señorita Del Pablo fue, desde el primer día, mi protegida particular. Recuerdo el día de su llegada. El pobre Leo la contrató por sus ojos. Por aquella época se llamaba Nena Aaronson..., los ojos eran espléndidos y tenía una magnífica melena negra. De modo que Leo decidió convertirla en española. Ordenó que le cortaran media nariz y la envió a México a que aprendiera a cantar flamenco en seis semanas. Después me la pasó a mí. Yo fui quien le dio un nombre. Yo la convertí en refugiada antifascista. Dije que la muchacha odiaba a los hombres a causa, de los malos tratos recibidos bajo los moros de

Franco. En aquella época fue una gran innovación. Tuvo mucho éxito. Y ella no estaba nada mal en su estilo, esta es la verdad, tenía un espontáneo mohín desdeñoso que te ponía los pelos de punta. Las piernas nunca las tuvo muy fotogénicas pero la hicimos salir siempre con falda larga y en las escenas de violencia, para la parte inferior, utilizamos un doble. Yo estaba muy contento de ella y hubiéramos podido disponer de una buena actriz diez años más, por lo menos.

»Pero ahora resulta que en las altas esferas ha habido un cambio de política. Este año nos dedicaremos exclusivamente a hacer películas saludables para contentar a los de la Liga de la Decencia. De modo que la pobre Juanita debe comenzar otra vez como chica irlandesa. Le han oxigenado el pelo y se lo han teñido de rojo. Yo les he advertido que en Irlanda las mozas son morenas, pero los tipos del tecnicolor se empeñan en que no. Pasa diez horas diarias estudiando el acento irlandés y, para dificultarle las cosas, le han arrancado la dentadura. Hasta ahora nunca había representado papeles que la obligaran a sonreír, y para una risotada de vez en cuando, tenía los dientes pasables. Pero a partir de ahora tendrá que echarse a reír a carcajada limpia cada dos por tres. Es decir, dientes postizos al canto.

»Yo hace tres días que estoy tratando de encontrarle un nombre. Y no hay manera. Maureen no, ya hay dos; Deirdre..., a ver quién podrá pronunciarlo; Oonagh..., suena a chino; Bridget..., demasiado corriente. En fin, la verdad es que ella está de un humor de perros.

Sir Ambrose, haciendo honor a la famosa costumbre local, había dejado muy discretamente de escuchar.

–¡Ah –exclamó– conque películas saludables! Me parece muy bien. Yo ya dije en el Club del Cuchillo y el Tenedor: «Mi vida en el cine se ha regido siempre por dos principios: no hagas delante de la cámara lo que no harías en casa, y no hagas en casa lo que no harías delante de la cámara.»

Se alargó sobre el tema mientras sir Francis, a su vez, se dedicaba a pensar en otra cosa. Y así los dos aristócratas pasaron juntos casi una hora entera, sentados de lado en sus respectivas tumbonas, alternando los arranques de elocuencia con los de ensimismamiento, absortos en la contemplación a través de los monóculos de la bella luz crepuscular, y mientras tanto el joven se dedicaba a irles llenando los vasos, sin olvidarse del suyo.

La hora era propicia a los recuerdos y, en sus intervalos de silencio, sir Francis rememoraba hasta un cuarto de siglo atrás, si no más, los tiempos en que las brumosas calles de Londres se liberaron definitivamente del terrorífico Zeppelin; en que Harold Monro leía poemas en voz alta en la Librería Poética, y Blunden escribía en el *London Mercury;* recordó a Robert de la Condamine en las sesiones de tarde del Phoenix; los almuerzos con Maud en Grosvenor Square, los tés con Gosse en Hanover Terrace;

al grupito de los once neuróticos que vociferaban baladas escocesas en una taberna de la calle de Fleet, antes de partir al Metroland para pasar el día jugando el críquet, al mozo de las galeradas tirándole de la manga; los incontables brindis durante los incontables banquetes en incontables homenajes a incontables...

Sir Ambrose tenía un pasado más accidentado, pero lo suyo era vivir existencialmente. Solo pensaba en sí mismo tal como era el momento presente, rumiaba sentimentalmente sobre sus varias ventajas y se ponía muy contento.

–Bueno –dijo al cabo de un largo rato–, ha llegado la hora de coger el tole. La señora estará esperándome. –Pero no se movió, se giró hacia el joven y le preguntó–: ¿Cómo le van las cosas, Barlow? Hace días que no le vemos por el campo de críquet. Trabaja duro en Megalo, ¿verdad?

–No. Resulta que el contrato expiró hace tres semanas.

–¡No me diga! Bueno, me imagino que le ha venido bien el descanso. Por lo menos a mí me vendría de perilla.

El joven guardó silencio.

–Siga mi consejo y espere sentado a que le salga algo realmente atractivo. No se precipite a la primera oferta. Estos tipos saben respetar a las personas que se estiman en lo que valen. Es importantísimo que no te pierdan el respeto.

»Nosotros los británicos, Barlow, tenemos el deber de mantenernos a la altura de unas circunstancias bastante especiales. Puede que a veces se rían de nosotros, de la manera en que hablamos y nos vestimos; de nuestros monóculos..., nos creen elitistas y esnobs, pero, pardiez, nos respetan. Su patrón aprecia la clase. Sabe lo que se lleva entre manos y fíjese que aquí solo se encuentran ingleses de lo más selecto. A menudo me siento embajador, Barlow. Es una responsabilidad, se lo aseguro, que los ingleses de aquí compartimos, cada uno en la medida de sus fuerzas. No podemos encaramarnos todos a lo más alto del árbol, pero somos todos personas de responsabilidad. No encontrará nunca un inglés entre la gleba..., salvo en Inglaterra, por supuesto. Aquí esto lo tienen claro, gracias a nuestro ejemplo. Hay empleos que son inconcebibles para un inglés.

»Hace unos años tuvimos un caso lamentable de un chico muy cabal, que vino a ocupar el puesto de diseñador escenográfico. Un muchacho inteligente, pero que adoptó las costumbres indígenas, se calzaba zapatos de serie, se ponía cinturón en vez de tirantes, salía sin corbata, entraba a comer en cualquier cantina. Luego lo más increíble fue que abandonó los estudios y abrió un restaurante con un socio italiano. Le timaron, por supuesto, y tuvo que dedicarse a agitar una coctelera detrás de la barra de un bar. Espantoso. En el Club de Críquet se recogió dinero para pagarle el pasaje de regreso, pero el muy desgraciado rehusó marcharse. Dijo que le gustaba el país, muchas gracias. Aquel hombre nos hizo un daño irreparable, Barlow. Se comportó como un desertor, esta es la verdad. Afortunadamente estalló la guerra. Entonces no tuvo más remedio que volver y murió en Noruega. Pagó por sus pecados, pero en mi opinión es mucho mejor no tener que pagar por nada mal hecho, ¿no cree?

»Bueno, y usted, Barlow, también tiene una reputación que defender en su propio campo. De lo contrario no estaría aquí. No le diré que la demanda de poetas sea muy grande, pero un día necesitarán a uno, y entonces irán a por usted directamente, sombrero en mano..., a no ser que mientras tanto haya usted hecho algo que no les guste. ¿Ve a lo que voy?

»Y yo perorando como un papagayo mientras la señora me espera para cenar. Me largo. Hasta otra, Frank, ha sido un placer charlar contigo. A ver si nos vemos más a menudo en el Club de Críquet. Adiós, joven, y reflexione sobre lo que le acabo de decir. Le habrá podido sonar algo trasnochado, pero yo sé lo que me digo. No os mováis, ninguno de los dos. Conozco el camino.

Ya casi había anochecido. Los faros del automóvil aparcado desplegaron un resplandeciente abanico de luz por detrás de las palmeras, barrieron la parte delantera del chalet y retrocedieron hacia Hollywood Boulevard.

–¿A qué ha venido todo eso según tú? –preguntó Dennis Barlow.

–Que ha oído rumores. Y ha decidido hacernos una visita.

–Era inevitable que se supiera.

–Desde luego. Si verte excluido del círculo británico cuenta como martirio, prepárate a recibir la palma y la corona. ¿No vas a trabajar hoy?

–Hoy me toca el turno de noche. He conseguido escribir un poco. Treinta líneas. ¿Te gustaría leerlas?

–No –dijo sir Francis–. Una de las innumerables ventajas de mi destierro es no tener que leer versos impublicados... o, mejor dicho, versos de ninguna clase. Llévatelos a tu cuarto, muchacho, recórtalos y púlelos a tu gusto. A mí me pondrían incómodo. Sería incapaz de entenderlos y es posible que no pudiera evitar preguntarme sobre el porqué de un sacrificio que, en cambio, ahora apruebo. Eres un joven genio, la gran esperanza de la poesía inglesa. Lo he oído decir y lo creo a pies juntillas. He aportado, lo mío a la causa del arte, ayudándote a romper unas cadenas a las que hace años yo me resigné contento.

»¿Te llevaron alguna vez de niño a ver una comedia navideña que se llamaba "Por donde termina el arco iris"..., una obra muy tonta? San Jorge y un marinero salen volando sobre una alfombra a rescatar unos niños perdidos en el País del Dragón. A mí siempre me dieron la impresión de que se metían a redentores en donde nadie los llamaba. Los niños eran perfectamente felices. Recuerdo que rendían homenaje a las cartas de sus padres negándose a abrirlas. Tus versos son como las cartas que recibo yo de casa..., como Kierkegaard, Kafka y "Scottie" Wilson. Yo pago sin protestar ni poner mala cara. Lléname el vaso, muchacho. Yo soy tu *memento mori.* Estoy metido en lo más remoto del País del Dragón. Mi vida en Hollywood.

»¿Has visto la foto que salió hace tiempo en una revista, de una cabeza de perro cortada y separada del cuerpo, que los rusos mantienen viva por no sé qué obsceno motivo a base de bombearle sangre de una botella? En cuanto huele a gato le gotea la lengua. Igual que nosotros, los que estamos aquí, ¿sabes? Los estudios nos mantienen vivos por medio de una bomba. Nosotros somos aún capaces de tener algunas de las reacciones más primarias..., solo eso. Si nos desconectaran de la botella, nos desmoronaríamos sin más. Me consuela creer que fue mi ejemplo, el que tú has estado contemplando a diario durante todo un año, lo que te inspiró a tomar la heroica decisión de independizarte y trabajar por tu cuenta. El ejemplo no te ha faltado, ni tampoco, quizá, algún que otro consejo. Posiblemente te haya exhortado explícitamente a que abandonaras el estudio antes de que fuera demasiado tarde.

–Sí. Mil veces.

–¡No tantas! Un par de veces, cuando había bebido una copa de más. Mil veces no. Y mi consejo fue, me parece, que regresaras a Europa. Jamás te he sugerido nada tan violentamente macabro, tan isabelino como el trabajo que haces ahora. Dime, ¿está satisfecho de ti tu nuevo patrón?

–Congenio con la gente. Me lo dijo ayer. El hombre

que tenían antes resultaba insultante por su excesiva fruición. A mí me encuentran respetuoso. Es por la mezcla que resulta de mi naturaleza melancólica con el acento inglés. Más de un cliente lo ha comentado favorablemente.

–¿Y qué me dices de nuestros compatriotas? No esperemos que nos miren con buenos ojos. ¿Qué es lo que ha dicho el que se acaba de marchar? «Hay empleos que son inconcebibles para un inglés.» El tuyo, muchacho, es un caso sobresaliente entre los de esta clase.

Dennis Barlow se marchó a trabajar después de la cena. Arrancó en dirección de Burbank, más allá del Portal Dorado y de los iluminados templetes del Claro de los Susurros del parque Rememorativo, hasta casi salir de la ciudad, a su oficina. Su colega, la señorita Myra Poski, le esperaba lista para marcharse, con el sombrero puesto y el maquillaje rehecho.

–No habré llegado tarde.

–Eres un encanto. Tengo una cita en el Planetario, de lo contrario me quedaría un rato contigo y te haría café. En todo el día no ha pasado nada importante, aparte de enviar unos recordatorios. Ah, y el señor Schultz dice que si llega algo hay que ponerlo inmediatamente en la nevera por el calor. Adiós. –Y desapareció dejando a Dennis solo al frente del negocio.

La oficina estaba amueblada con un buen gusto sombrío, aligerado un poco por el par de perritos de bronce de la repisa de la chimenea. Lo único que la diferenciaba de otros cientos de miles de modernas salas de recepción americanas era una mesita baja de ruedas, de acero y de esmalte blanco; eso y el olor a clínica. Al lado del teléfono había un jarrón con rosas; su fragancia competía con la de fenol, pero no dominaba. Dennis se sentó en una de las butacas, puso los pies sobre la mesita y se dispuso a leer. Desde su servicio en las Fuerzas Aéreas ya no era un aficionado, sino un simple adicto. Existían determinados pasajes en poesía, los más banales, que nunca le defraudaban, que siempre le producían las sensaciones requeridas por él; jamás se aventuraba a lo desconocido; él iba a por la droga de marca, a por lo específico y seguro, a por la Magia en mayúscula. Abría su antología como una mujer su habitual paquete de cigarrillos.

Al otro lado de las ventanas, se oía el continuo pasar de coches, que salían de la ciudad, que entraban, con los faros encendidos, con las radios a todo volumen.

«Abrazado a ti me voy marchitando», leyó. *«En el silencio de esta frontera del mundo»*, y repitió para sus adentros: «En el silencio de esta frontera del mundo. En el silencio de esta frontera del mundo»... cual monje repitiendo una y otra vez el mismo texto hasta convertirlo en plegaria.

Entonces sonó el teléfono.

–El Más Dichoso de los Cotos de Caza –contestó él.

Oyó una voz femenina, ronca, al parecer, de emoción;

en circunstancias distintas hubiera pensado que estaba borracha.

–Soy Theodora Heinkel, la señora de Walter Heinkel, de la vía Dolorosa 207, Bel Air. Necesito que venga inmediatamente. Por teléfono no le puedo decir nada más. Mi Arturito..., me lo acaban de traer a casa. Salió temprano esta mañana y no volvió. Yo no me preocupé porque no era la primera vez. Al señor Heinkel le he dicho: «Pero, Walter, cómo quieres que salga a cenar si no sé dónde para Arturo», y el señor Heinkel me ha respondido: «¡Memeces! No puedes dejar plantada a la señora Leicester Scrunch en el último minuto», de modo que tuve que ir y mientras estaba a la mesa, a la derecha del señor Leicester Scrunch, me dieron la noticia... Oiga, oiga, ¿me oye?

Dennis cogió de nuevo el aparato que había dejado sobre el papel secante.

–Voy en seguida, señora Heinkel. Vía Dolorosa 207 ha dicho usted, ¿verdad?

–Le he dicho que estaba yo sentada a la derecha del señor Leicester Scrunch cuando me dieron la noticia. Él y el señor Heinkel tuvieron que acompañarme hasta el coche.

–Voy en seguida.

–En mi vida podré perdonármelo. Pensar que cuando lo llevaron a casa no había nadie para recibirlo. La sirvienta había salido y el conductor de la furgoneta municipal tuvo que telefonear desde el supermercado... Oiga, oiga.

¿Me escucha? He dicho que el barrendero municipal tuvo que telefonear desde el supermercado.

–Me pongo en camino, señora Heinkel.

Dennis cerró con llave la puerta de la oficina y sacó el coche del garaje; el suyo no, sino la camioneta negra que se utilizaba oficialmente en el trabajo. A la media hora se encontraba en la casa del duelo. Un hombre corpulento se acercó a recibirle por el sendero que descendía de la casa. Iba vestido de etiqueta, a la moda de la alta sociedad local: lana a cuadros escoceses, sandalias, camisa de seda verde brillante, abierta por el cuello y con un anagrama bordado que le cubría la mitad del torso.

–¡Encantado de que por fin haya venido!

–Señor W. H., felicidades –dijo Dennis involuntariamente.

–¿Cómo?

–Soy El Más Dichoso de los Cotos de Caza –contestó Dennis.

–Sí, pase.

Dennis abrió la puerta trasera de la furgoneta y sacó una caja de aluminio.

–¿Será suficiente este tamaño?

–De sobra.

Entraron en la casa. Sentada en el vestíbulo, con un vaso en la mano y vestida también de noche, con una túnica larga y escotada y una diadema en la cabeza, esperaba una señora.

–Ha sido una experiencia terrible para la señora Heinkel.

–No quiero verlo. No quiero hablar de ello –dijo la dama.

–El Más Dichoso de los Cotos de Caza se encargará de todo –dijo Dennis.

–Por aquí –indicó el señor Heinkel–. En la alacena.

El foxterrier yacía sobre el escurreplatos del fregadero. Dennis lo metió en la caja.

–¿Le importa echarme una mano?

Juntos, él y el señor Heinkel, transportaron la carga hasta la furgoneta.

–¿Hablamos sobre los preparativos ahora o prefiere dejarlo para mañana?

–Por las mañanas estoy siempre muy ocupado –contestó el señor Heinkel–. Acompáñeme a mi despacho.

Sobre el escritorio había una bandeja. Se sirvieron whisky.

–Tengo un prospecto de la casa en que se dan detalles de las posibles ceremonias. ¿Le agrada más la inhumación o la incineración?

–¿Cómo dice?

–¿Enterrarlo o quemarlo?

–Quemarlo, supongo.

–He traído unas fotos de los distintos estilos de urna.

–Nos contentamos con lo mejor.

–¿Querrá un nicho en nuestro columbario o prefiere llevárselo a casa?

–Lo primero.

–¿Y en cuanto a los ritos religiosos? A nuestro servicio tenemos un pastor dispuesto a asistirlos.

–Pues verá, señor...

–Barlow.

–Señor Barlow, ni yo ni ella somos personas muy aficionadas a ir a la iglesia, pero me imagino que, en una circunstancia como la presente, la señora Heinkel preferirá el máximo consuelo que ustedes puedan proporcionarnos.

–Nuestro servicio de clase A se compone de varios detalles en exclusiva. En el instante supremo, se echa a volar una paloma blanca, símbolo del alma del difunto, sobre el crematorio.

–Sí –dijo el señor Heinkel–. Estoy seguro de que la señora Heinkel apreciará el detalle de la paloma.

–Y a cada aniversario se les enviará un recordatorio, por correo y sin gastos adicionales. Reza así: «Hoy su Arturito piensa en usted desde el cielo y mueve la cola.»

–Una idea muy hermosa, señor Barlow.

–Entonces no tiene más que firmar la hoja de encargo...

La señora Heinkel le saludó con una grave inclinación de cabeza al cruzar él el vestíbulo. El señor Heinkel lo acompañó hasta la puerta de la camioneta.

–Ha sido un placer conocerlo, señor Barlow. Me ha quitado un gran peso de encima.

–Es exactamente lo que se propone El Más Dichoso de los Cotos de Caza –contestó Dennis, y arrancó el coche.

De vuelta en el edificio administrativo, llevó el perro a la nevera. Tenía un interior espacioso en el que ya había dos o tres cadáveres de tamaño pequeño. Junto a un gato siamés había una lata de zumo de fruta y un plato con bocadillos. Dennis se llevó el refrigerio a la sala de recepción, y, mientras comía, reanudó la lectura interrumpida.

Pasaron las semanas, vinieron las lluvias, disminuyeron las invitaciones y cesaron. Dennis era feliz con su trabajo. Los artistas son por naturaleza personas versátiles y precisas; se desalientan solo ante lo rutinario e improvisado. Dennis lo había observado durante la pasada guerra; un amigo suyo, poeta, que la había hecho como granadero, había sido un entusiasta hasta el final, mientras que él, como oficial sin avión en la Comandancia de Transportes, estuvo a punto de sucumbir de impaciencia.

Su primer libro salió cuando estaba en un puerto italiano, ocupado con el Departamento de las Prioridades del Aire. En la pasada década Inglaterra no había sido nido de aves cantoras; varios lamas habían perdido el tiempo explorando las nieves en busca de una reencarnación de Rupert Brooke. Entre los bombardeos de los alemanes y las ictéricas y deprimentes publicaciones de la Oficina Papelera de Su Majestad, los poemas de Dennis consiguieron inesperadamente hacer las veces de algo parecido a la prensa de la Resistencia en la Europa ocupada. Los elogios recibidos fueron desaforadamente exagerados y, a no ser por el racionamiento del papel, se hubieran vendido como una novela. El día en que el *Sunday Times* llegó a Caserta con una reseña de dos columnas, Dennis fue ascendido a asistente personal de un mariscal del Aire. Ascenso que él rehusó malhumorado, prefiriendo permanecer en las «Prioridades», pero su ausencia no impidió que le dieran media docena de premios literarios. Al librarse del servicio fue directamente a Hollywood para ayudar a escribir un guión cinematográfico sobre la vida de Shelley.

En los estudios de la Megalopolitan reencontró, intensificada por el nerviosismo endémico del lugar, la misma absurda futilidad de la vida militar. Se desalentó, se desesperó y huyó.

Y ahora vivía contento: cumplidor en un oficio útil, bajo un señor Schultz satisfecho de su trabajo, y en compañía de una señorita Poski a la que mantenía constantemente desconcertada. Por primera vez en su vida tenía la oportunidad de descubrir el significado de «explorar un nuevo camino»; era un camino estrecho, pero digno y umbrío que llevaba a horizontes ilimitados.

No todos los clientes se mostraron tan generosos y tratables como los Heinkel. Los hubo que se desconcertaron ante la perspectiva de desembolsar diez dólares por el entierro, otros pidieron que se les embalsamara el animalito y luego se marcharon al Este, olvidándose de todo; hubo uno que tuvo media nevera ocupada durante una semana con el cadáver de su osita, y luego cambió de parecer y se fue a un taxidermista. Esos fueron los días malos, en contraste con la incineración ritual, casi orgiástica, de un chimpancé sin prejuicios de secta, y del sepelio de un canario sobre cuya diminuta tumba acudió un batallón de cornetas de la Marina a tocar *Taps.*[1] La Ley californiana prohíbe esparcir restos humanos desde un avión, en cambio el reino animal dispone libremente del cielo y en una ocasión Dennis tuvo que encargarse de arrojar las cenizas de una gata desde una avioneta mientras sobrevolaba el Sunset Boulevard. Aquel día salió retratado en el periódico local y cayó definitivamente en desgracia ante la buena sociedad. Pero él estaba contento. Su poema llevaba una vida azarosa, trepando a gatas entre los avatares de la composición y el recorte, pero salía poco a poco adelante. El señor Schultz le aumentó el sueldo. Curáronse las cicatrices de la adolescencia. En el silencio de aquella frontera del mundo experimentó una alegría tranquila como la que solo había conocido una vez, aquel magnífico día de principios del trimestre de primavera, cuando herido honorablemente durante un partido de su curso, yacía en la cama y por las ventanas de la enfermería le llegaron las pisadas de sus colegas en marcha para las maniobras de campo.

Pero mientras Dennis prosperaba, a sir Francis las cosas no le iban bien. El anciano comenzaba a perder ecuanimidad. Jugueteaba nerviosamente con la comida y se

1. *Taps:* toque de difuntos en el ejército.

paseaba por la terraza sin poder dormir durante la silenciosa hora del alba. Juanita del Pablo se había tomado a mal lo de su transformación y, ante la impotencia de descargarse sobre los poderosos, se lo hacía pagar a su viejo amigo. Sir Francis se desahogaba contándoselo a Dennis.

La pregunta que se hacía el agente de Juanita tomaba un creciente matiz metafísico; ¿existía su cliente? ¿Podías legalmente comprometerla a aniquilarse? ¿Cómo llegar a un acuerdo con ella antes de darle tiempo a adquirir señas de una identidad normal? A sir Francis le había caído encima el sambenito de la metamorfosis. ¡Con cuánta facilidad, diez años atrás, había dado vida a la muchacha..., a la ménade dinamitera del frente portuario de Bilbao! Mientras que, ahora, con qué pesadez de plomo rebuscaba por entre los nombres de la mitología celta y trataba de reescribirle una biografía..., un romántico amor en las montañas de Mourne, la muchacha descalza que los campesinos tratan como a la mensajera de las hadas, la amiga del duende maligno, el travieso diablillo que corta las amarras del asno y acompaña a los turistas ingleses por peligrosas peñas y cascadas. Lo leyó en voz alta a Dennis y se convenció de que no valía nada.

Lo leyó en voz alta en una reunión, ante la actriz actualmente innominada, su agente y su abogado; estuvieron también presentes los directores del Departamento Legal, de Publicidad, de Personalidad y de Relaciones Internacionales de la productora Megalopolitan. En toda su carrera hollywoodiense sir Francis no había nunca asistido a una reunión con tantas luminarias del Gran Sanedrín de la Corporación. Rechazaron su historia sin siquiera una discusión.

–Quédate una semana en casa, Francis –le dijo el director de Personalidad–. Intenta encontrar un nuevo enfoque. ¿O es que te causa alergia el encargo?

–No –contestó sir Francis con voz desmayada–. De ninguna manera. Ha sido una reunión muy útil. Ahora ya sé lo que quieren los señores. Estoy seguro de que me saldrá sin dificultad.

–Para nosotros será siempre un placer echar una ojeada a tus creaciones –dijo el director de Relaciones Internacionales. Pero en cuanto la puerta se cerró a sus espaldas, los prohombres intercambiaron miradas y menearon la cabeza.

–Otro que fue y no será –dijo el director de Personalidad.

–Un primo de mi mujer acaba de llegar –dijo el director de Publicidad–. Quizá valdría la pena que le diera la oportunidad de trabajar en esto.

–Sí, Sam –respondieron todos–, dáselo al primo de tu mujer a ver qué hace.

Después de esto, sir Francis se encerró en casa y durante unos días su secretaria fue a diario a tomar nota de su dictado. Comenzó cambiando el nombre de Juanita y la historia de su vida: Kathleen Fitzbourke, la mascota de los Galway Blazers; la luz que se filtraba entre las colinas y muros de su duro país y Kathleen Fitzbourke sola con los mastines, lejos de las torres a medio caer del castillo de Fitzbourke... Hasta que llegó el día en que su secretaria dejó de presentarse. Él llamó al estudio. La llamada fue transferida de un despacho a otro de la administración y finalmente una voz dijo:

–Sí, sir Francis, está previsto. La señorita Mavrocordato ha sido trasladada al Departamento de Abastecimiento.

–Bueno, pero yo necesito que venga alguien.

–De momento me parece que no tenemos a nadie disponible, sir Francis.

–Comprendo. En fin, es un contratiempo pero iré yo y terminaré el trabajo en el estudio. ¿Puede mandarme un coche?

–Le pongo al habla con el señor Van Gluck.

La comunicación volvió a ser lanzada de un lado a otro como una pelota y por fin otra voz dijo:

–Jefe de Transporte. No, sir Francis, lo siento, en este momento no disponemos de ningún coche en el estudio.

Con la sensación del peso del manto de Lear sobre los hombros, sir Francis tomó un taxi y fue al estudio. Saludó con la cabeza a la chica de recepción con una pizca menos de su cortesía habitual.

–Buenos días, sir Francis –dijo ella–. ¿En qué puedo servirle?

–En nada, gracias.

–¿Busca a una persona determinada?

–No, a nadie.

La muchacha del ascensor le miró con expresión interrogante.

–¿Quiere subir?

–Al tercer piso, naturalmente.

Recorrió el acostumbrado y anónimo pasillo, abrió la puerta de siempre y se detuvo en seco. Sentado en su escritorio había un desconocido.

–Perdón –dijo sir Francis–. Qué estúpido. No me había pasado nunca.

Reculó y cerró la puerta. Luego escudriñó detenidamente. Era su número. No había cometido ningún error. Pero en el hueco donde había aparecido escrito su nombre durante doce años, desde el día que entró a trabajar en el departamento de guionistas, había ahora una tarjeta con el nombre de «Lorenzo Medici». Volvió a abrir la puerta.

–Mire –dijo–. Debe de haber un error.

–Pues sí, quizá sí –dijo el señor Medici alegremente–. Esto parece una casa de locos. Me he pasado media mañana sacando trastos del cuarto. Montones de cosas, como si alguien hubiera vivido aquí, frascos de medicinas, libros, fotografías, juegos infantiles. Por lo visto era la habitación de un viejo inglés a quien acaban de echar a la calle.

–Yo soy el inglés de marras y a mí nadie me ha echado a la calle.

–Me alegro muchísimo de saberlo. Espero que entre

los trastos no hubiera nada de valor. Puede que todavía lo encuentre tirado por ahí.

–Voy a ver a Otto Baumbein.

–Ese también está chiflado, pero me imagino que no sabrá nada de los trastos. Los acabo de dejar en el corredor. Quizá un conserje...

Sir Francis fue por el pasillo hasta el despacho del ayudante del director.

–El señor Baumbein tiene una reunión en este momento. ¿Quiere que le diga que se ponga en contacto con usted?

–Prefiero esperar.

Se sentó en la sala de espera, donde dos mecanógrafas estaban pasándoselo en grande hablando largo y tendido con sus respectivos amantes por teléfono. Por fin salió el señor Baumbein.

–Hola, Frank –dijo–. Muy simpático de tu parte venir a vernos. Lo aprecio de verdad. En serio. Vuelve otro día. Vuelve a menudo, Frank.

–He venido a hablar contigo, Otto.

–Bueno, es que ahora estoy muy ocupado, Frank. ¿Qué te parece si te llamo la semana que viene?

–Acabo de encontrar a un tal señor Medici en mi despacho.

–Pues sí, Frank. Solo que él lo pronuncia «Medissy», tal como suena; de la manera que lo pronuncias tú parece italiano y el señor Medici es un joven con un historial muy, pero que muy distinguido, Frank, y me enorgullecería poder presentaros.

–¿Y yo dónde trabajaré?

–Bueno, a ver, Frank, es algo que quiero discutir contigo, en serio, pero en este momento no tengo tiempo. No tengo tiempo, ¿verdad, nena?

–No, señor Baumbein –contestó una de las secretarias–. Ahora, desde luego, no tiene tiempo.

–Ya lo has oído. Que no tengo tiempo. Se me ocurre una idea, nena, intenta que sir Francis sea recibido por el señor Erikson. Estoy seguro de que el señor Erikson me lo agradecerá.

De modo que sir Francis fue a ver al señor Erikson, el empleado inmediatamente superior al señor Baumbein, y de sus labios y con brusca terminología nórdica se enteró de lo que ya había comenzado a barruntar durante la última hora transcurrida: que sus largos años de servicio en la Megalopolitan Pictures Inc. habían llegado a su término.

–Lo correcto hubiera sido advertirme –dijo sir Francis.

–La carta ya está enviada. Las cosas a veces se retrasan, usted ya lo sabe; tienen que pasar por varios departamentos para obtener el visto bueno... por el departamento legal, el de finanzas y el de conflictos laborales. Pero en su caso no se prevén dificultades de ninguna clase. Afortunadamente usted no está sindicado. De vez en cuando los Tres Grandes ponen reparos a lo que ellos consideran un derroche de personal..., como cuando hacemos venir a alguien de Europa o de China o de donde sea y a la semana lo despedimos. Pero en su caso esto no ha ocurrido. Usted tiene un largo currículum. Veinticinco años exactamente, ¿verdad? Y en su contrato no está prevista ni la cuestión de la repatriación. Lo de su vencimiento pasará como una seda.

Sir Francis se despidió del señor Erikson y se encaminó hacia la salida de la gran colmena. La denominaban el Bloque Conmemorativo de Wilbur K. Luti y cuando sir Francis llegó a Hollywood todavía no existía. Wilbur K. Luti todavía estaba vivo; y de hecho una vez le había estrechado vigorosamente la mano. Sir Francis había visto construir el edificio y había ocupado un lugar honorable, si no ilustre, en la ceremonia de su consagración. Él había visto cómo los despachos eran ocupados y vueltos a ocupar, el continuo cambio de nombres en las puertas. Había visto numerosas llegadas y partidas, la llegada de los señores Erikson y Baumbein, y la marcha de otros cuyos nombres ya no recordaba. Se acordaba de cuando el pobre Leo, caído desde la cúspide, había muerto en el jardín del hotel de Allah con la nota sin pagar.

–¿Ha visto a quién buscaba? –le preguntó la chica de recepción al verlo cruzar la puerta y salir a la luz del sol.

En el sur de California el césped no crece bien y los terrenos de Hollywood no daban para el refinamiento a lo grande del juego de críquet. De hecho algunos de los miembros más jóvenes lo jugaban correctamente, pero para la mayoría el interés despertado era tan mínimo como la venta de pescado o la torcedura de cuerda entre las Compañías de Librea de la Ciudad de Londres. Para la mayoría el club representaba el símbolo de su personalidad inglesa. En él se recogía dinero para la Cruz Roja y se desahogaban a gusto, maliciosamente, y sin riesgo alguno chismorreando sobre sus patronos y protectores extranjeros. Fue allí donde acudieron todos, a la mañana siguiente de la inesperada muerte de sir Francis Hinsley, como convocados por una señal de alarma.

–Lo encontró Barlow.

–¿Barlow el de Megalo?

–El que antes trabajaba en Megalo. Su contrato no fue renovado. Y desde entonces...

–Sí. Ya me lo han dicho. Un escándalo.

–Yo a sir Francis no lo conocía. Fue bastante anterior a mí. ¿Sabe alguien por qué lo ha hecho?

–No le renovaron el contrato.

Para la reunión eran palabras de muy mal agüero, palabras jamás pronunciadas sin un disimulado tocar de madera o cruzar de dedos; palabras sacrílegas que más valía no mencionar. A todos se les había concedido un plazo de vida que se extendía desde el día de la firma del contrato hasta la fecha de su expiración; después venía lo desconocido.

–¿Dónde estará sir Ambrose? Esta noche no puede faltar.

Por fin llegó y a nadie se le escapó el detalle de que ya se había puesto una cinta de seda negra en su *blazer* Coldstream. A pesar de lo tardío de la hora, no rehusó una taza de té y, después de husmear la expectación que enrarecía la atmósfera del pabellón, arrancó a hablar:

–Ya os habréis enterado todos del siniestro suceso del viejo Frank.

Murmullos en la sala.

–Al final de sus días cayó en desgracia. Me imagino que a excepción de mí, nadie en Hollywood recuerda sus mejores tiempos. Hizo las veces de defensor de la Corona.

–Fue un hombre muy cultivado y todo un señor.

–Exactamente. Fue uno de los primeros ingleses con clase que entró a trabajar en el cine. No sería descabellado decir que él echó los cimientos sobre los que yo..., sobre los que todos nos asentamos. Fue nuestro primer embajador.

–En mi opinión Megalo hubiera debido conservarle a su servicio. Su salario representaba un gasto irrisorio. Dadas las leyes naturales no le hubiera costado mucho más dinero.

–Aquí la gente vive muchísimos años.

–Pero si no fue por eso –dijo sir Ambrose–. Los motivos fueron otros.

Hizo una pausa. Acto seguido prosiguieron sonando las mismas insinuantes y falsas modulaciones de la voz:

–He decidido deciros la verdad porque es algo que

afecta a las vidas de todos los presentes. No creo que muchos de vosotros hubierais visitado a Frank durante los últimos años. Yo sí. Creo que mi deber es no perder el contacto con ningún inglés de la zona. En fin, quizá ya sepáis que últimamente vivía con un joven inglés llamado Dennis Barlow. –Intercambio de miradas entre los miembros del club, unos con expresión de enterados, otros expectantes–. En fin, no quiero hablar mal de Barlow. Consiguió muy buena fama como poeta. Las cosas le han ido mal. Lo cual no es motivo para criticar a nadie. Esto es un duro campo de pruebas. Solo sobreviven los mejores. Barlow no. En cuanto lo supe, fui a verle. Y le aconsejé, lo más claramente posible, que debía marcharse. Lo hice pensando en todos nosotros. No nos conviene que haya ingleses pobretones merodeando por Hollywood. Se lo dije tal cual, sin rodeos y sin ánimo de ofender, de inglés a inglés.

»En fin, me parece que la mayoría ya sabéis cuál fue su respuesta. *Aceptó un empleo en el cementerio de animales domésticos.*

»En África, cuando un blanco se convierte en un indeseable y deja mal a los de su raza, el gobierno le envía a su país. Desgraciadamente aquí no contamos con esta ventaja. ¿Os imagináis si no a Megalo despidiendo al pobre Frank? Pero en cuanto descubrieron que vivía con un individuo que trabajaba en el cementerio de los animales domésticos... ¡Bueno, ya me diréis! Ya sabéis cómo es la gente de por aquí. Yo no tengo queja alguna respecto a mis colegas americanos. Son una gente excelente y han creado la más estupenda de las industrias. Pero defienden un cierto nivel..., nada más. ¿Quién no haría igual? Vista la actual competitividad del mundo en que vivimos, las personas valen según lo que figuran. Todo está basado en la reputación..., "la facha", como dicen en el Este. En cuanto la pierdes, todo va mal. Frank perdió la facha. No hay más que decir.

»Personalmente lo de Barlow me duele mucho. Yo por nada del mundo me pondría en su lugar. Vengo de su casa. Lo he hecho porque he creído que era lo correcto. Espero que si os lo cruzáis por algún sitio, no dejaréis de tener en cuenta que su única falta ha sido la inexperiencia. No se dejó guiar por nadie. No obstante...

»He dejado en sus manos los preparativos más urgentes del funeral. En cuanto la policía entregue los restos mortales, irá a hablar con los del Claro de Susurros. Por lo menos tendrá algo que hacer, algo en que ocupar su mente, ¿no creéis?

»En esta ocasión es cuando todos hemos de demostrar nuestra solidaridad. Es posible que nos veamos obligados a rascarnos los bolsillos, no creo que el viejo Frank haya muerto rico, pero por lo menos será una buena inversión que servirá para restablecer el buen nombre de la colonia británica ante los ojos de la industria. He llamado a Washington para pedirles que manden al embajador al funeral, pero por lo visto no podrá ser. Volveré a intentarlo. La situación cambiaría mucho. En fin, no creo que los estudios osen desentenderse si ven que todos nosotros estrechamos filas...

Mientras hablaba el sol se ponía por detrás de las matas de la colina. Aunque el cielo todavía brillaba, una sombra trepó por la hierba dura y maltrecha del campo de críquet, y enfrió el aire.

Dennis era un joven con más sensibilidad que sentimientos. Aunque en los veintiocho años de su vida siempre había conseguido mantenerse a distancia de todo lo que implicara violencia, provenía, no obstante, de una generación que disfrutaba sin escrúpulo de entrar en íntimo contacto con la muerte a través del prójimo. Jamás en su vida, esta es la verdad, había visto un cadáver humano hasta la mañana en que, cansado y de regreso del turno de noche en la oficina, se encontró al casero colgado de una viga. Los hay que, de tener que afrontar un descubrimiento semejante en edad aún tierna, hubieran sufrido un cambio irreparable en sus vidas; para Dennis fue la cosa menos sorprendente en el mundo que él conocía, y el camino hacia el Claro de los Susurros lo hizo con la mente agradablemente excitada y llena de curiosidad.

Innumerables habían sido las ocasiones en que, desde su llegada a Hollywood, había oído nombrar en boca ajena la gran necrópolis; su nombre lo había leído en las páginas del periódico local siempre que algún cadáver, normalmente ilustrísimo, había recibido honores más que magníficos o cuando se había adquirido una nueva obra maestra para su reputada colección de arte contemporáneo. En las últimas semanas su interés había sido más vivo y de naturaleza más bien técnica, puesto que, a su humilde manera, El Más Dichoso de los Cotos de Caza había sido proyectado como su gran rival. El lenguaje que él ahora utilizaba en su trabajo era un dialecto derivado de las puras aguas que bajaban de esta otra y más elevada fuente. Más de una vez el señor Schultz había exclamado con entusiasmo, después de alguna de sus ceremonias: «Ha estado a la altura del Claro de los Susurros.» Cual un cura misionero en su primera peregrinación al Vaticano, cual un importante jefazo del África Ecuatorial subiendo por primera vez a la Torre Eiffel, entró Dennis Barlow, poeta y enterrador de animales domésticos, por el Portal Dorado.

Portal vastísimo, el más grande del mundo, recientemente vuelto a dorar. En un cartelito se detallaban las proporciones inferiores de sus rivales del Viejo Continente. Pasado el portal se abría un semicírculo de dorados tejos, un ancho sendero de grava para los coches y un islote de césped recortado sobre el que se erguía una singular y maciza pared de mármol esculpida en forma de libro abierto. En esta, y en letras de treinta centímetros, había inscrito:

El Sueño

Atención al sueño que soñé y en el que vi un Nuevo Mundo consagrado a la FELICIDAD. En él, entre todas las cosas que la Naturaleza y el Arte ofrecen para mayor elevación del Alma Humana, divisé el Dichoso Lugar de Reposo de los Innumerables Seres Queridos. Y vi a los que aún Esperan en la orilla del estrecho riachuelo que los separaba de los que ya habían partido. Jóvenes y viejos, ellos también eran felices. Felices en la Belleza, felices en el conocimiento de la proximidad de sus Seres Queridos, en una Belleza y en una Felicidad desconocida en la tierra.

Y oí una voz que decía: «Haz esto.»

Y entonces me desperté y a la luz y con la Promesa de mi SUEÑO construí el *Claro de los Susurros.*

ENTRA, DESCONOCIDO, y SÉ FELIZ.

Y abajo, en un vasto facsímil en cursiva, la firma:

WILBUR KENWORTHY, EL SOÑADOR.

Una modestita tabla de madera colocada al lado rezaba: *Para precios infórmese en el Edificio de la Administración. Siga todo derecho.*

Dennis siguió todo derecho, cruzó el verde parque y llegó ante lo que en Inglaterra se hubiera tomado por la casa de campo de un financiero de la época eduardiana. Era negra y blanca, con vigas de madera y ventanas de ojiva, retorcidas chimeneas de ladrillo y veletas de hierro forjado. Aparcó el coche entre una docena de otros coches y continuó a pie por un camino entre setos, que en determinado momento bordeó un jardincillo de hierbas aromáticas, con reloj de sol, pila de agua para los pájaros y fuente, banco rústico y palomas. Por todas partes se oía una música suave, las apagadas notas del Canto de Amor Indio al órgano, reproducido por incontables altavoces escondidos en el parque.

La primera vez que recorrió los estudios de la Megalopolitan, al poco tiempo de llegar, le había costado un esfuerzo de imaginación caer en la cuenta de que aquellas calles, aparentemente tan sólidas, y aquellas plazas de distintos períodos y latitudes eran, en realidad, fachadas de escayola detrás de las cuales se veía descaradamente la armazón de las tablas de sostén. Aquí en cambio fue todo lo contrario. Dennis tuvo que hacer un esfuerzo para creer que el edificio que tenía a la vista era tridimensional y permanente; aunque aquí, como en todos los rincones del Claro de los Susurros, la palabra escrita acudía a remedar el posible fallo de la credulidad.

Esta perfecta réplica de antigua Mansión Inglesa, rezaba *un cartel, está construida, como todos los otros edificios del Claro de los Susurros, enteramente de acero Grado A y sus cimientos descienden hasta la roca sólida. Está registrada a prueba de incendios y terremotos.*

Que el nombre de la persona que se ha inscrito en el Claro de los Susurros viva eternamente.

Sobre el espacio en blanco estaba trabajando un pintor de carteles y Dennis se detuvo a ver, y llegó a discernir las fantasmagóricas palabras «explosivos», recién borrada, y los trazos de «fisión nuclear» a punto de reemplazarla.

Como llevado por la música, fue pasando de jardín en jardín, porque antes de llegar a las oficinas había de cruzar por delante de una floristería. En esta una mujer joven rociaba de perfume un parterre de lilas mientras otra hablaba por teléfono:

–... Ah, señora Bogolov, lo siento de veras pero esto es precisamente una de las pocas cosas que no hacemos aquí, en el Claro de los Susurros. El Soñador no quiere coronas ni cruces. Nosotros nos limitamos a arreglar las flores de modo que resalte su natural belleza. Es una idea personal del Soñador. Estoy segura de que al señor Bogolov le gustaría mucho más. ¿Por qué no nos deja a nosotros decidirlo, señora Bogolov? Usted díganos la cantidad que está dispuesta a gastar y nosotros haremos lo demás. Estoy segura de que quedará satisfecha. Gracias, señora Bogolov, con mucho gusto...

Dennis entró y al abrir la puerta en que ponía «Información» se halló en el interior de una sala de banquetes con vigas de madera. Continuaba sonando el Canto de Amor Indio, suavemente matizado por la oscura madera de roble. De entre un grupo de mujeres, alzose una joven para saludarlo, exquisita, amable y eficaz, una de las tantas de la nueva raza con que él no cesaba de encontrarse desde que estaba en Estados Unidos. Llevaba una túnica negra y sobre el bien sostenido seno izquierdo había bordadas las letras: *Anfitriona de la Funeraria.*

–¿Puedo servirle en algo?

–He venido a encargar un funeral.

–¿Es para usted?

–Por supuesto que no. ¿Tan moribundo le parezco?

–¿Cómo dice?

–¿Tengo cara de morirme pronto?

–No, claro. Pero es que muchos de nuestros amigos vienen a la sección de Disposiciones Antes del Día. Sígame, por favor.

La mujer le condujo a través de la sala y luego por un alfombrado corredor. Su decorado era de estilo georgiano. Finalizó el Canto del Amor Indio que fue seguido por la voz de un ruiseñor. La anfitriona y él tomaron asiento en una salita tapizada de cretonas indias y se dispusieron a detallar los preparativos.

–Antes que nada he de tomar nota de los datos esenciales.

Él le dio su nombre y el de sir Francis.

–Bueno, señor Barlow, ¿en qué había pensado usted? Embalsamamiento, por descontado, y luego incineración o no, al gusto del cliente. Nuestro crematorio funciona según principios estrictamente científicos; el calor es tan intenso que todo lo inesencial es volatilizado. Hubo gente a la que no le hacía ninguna gracia la idea de que las cenizas del ataúd y de la ropa se mezclaran con la de su ser querido. Lo corriente es utilizar el método de inhumación, el método sepulcral, o el de emparedamiento, aunque últimamente ha habido muchos clientes que han preferido el del sarcófago. Depende del gusto de cada uno. El ataúd es colocado en el interior de un sarcófago herméticamente cerrado, de mármol o de bronce, y queda colocado permanentemente a cierta altura de la tierra, dentro de un nicho del mausoleo, con o sin rosetón pintado con motivos personales encima. Esto último es, naturalmente, para quienes el gasto no es un detalle relevante.

–Nosotros queremos que nuestro amigo sea enterrado.

–No será la primera vez que viene al Claro de los Susurros, ¿verdad?

–Sí.

–En tal caso permítame que le describa el Sueño. El Parque está dividido en zonas. Cada zona posee su nombre propio y su correspondiente obra de arte. Como es natural varían en precio y en el interior de cada zona, los precios a su vez varían según la proximidad de la obra de arte. Tenemos emplazamientos individuales a partir de los cincuenta dólares. Estos se encuentran en el Reposo del Peregrino, zona que acabamos de crear detrás del vertedero de combustible del crematorio. Los más caros son los de la Isla del Lago. Estos llegan a costar unos mil dólares. Luego está el Nido de los Amantes, emplazado en la proximidad de una bellísima copia de la famosa escultura de Rodin *El beso.* En esta zona tenemos parcelas dobles a setecientos cincuenta dólares la pareja. ¿Estaba casado su ser querido?

–No.

–¿A qué se dedicaba?

–Era escritor.

–Ah, entonces el lugar apropiado sería el Rincón de los Poetas. La mayoría de los más ilustres autores literarios están allí, ya en persona o por Disposiciones Antes del Día. ¿Conoce sin duda las obras de Amelia Bergson?

–He oído hablar de ellas.

–Ayer, precisamente, le vendimos a la señorita Bergson un lote de Disposiciones Antes del Día, debajo de la estatua del gran poeta griego, Homero. Si lo desea, podemos colocar a su amigo al lado de ella. Pero tal vez preferirá ver la zona antes de decidir nada.

–Lo quiero ver todo.

–Hay muchísimo que ver. En cuanto haya tomado los datos esenciales haré que le acompañe una de nuestras guías, señor Barlow. ¿Profesaba algún dogma en concreto su amigo?

–Era agnóstico.

–En el Parque poseemos dos capillas sin secta definida y una serie de pastores libres de secta. En cambio los judíos y los católicos tienden a tomar ellos mismos las disposiciones al respecto.

–Tengo entendido que sir Ambrose Abercrombie prepara una ceremonia especial.

–¡Ah! ¿Trabajaba su ser querido en el cine, señor Barlow? En este caso su lugar adecuado debería ser el País de las Sombras.

–Me parece que a él le gustaría más estar con Homero y con la señorita Bergson.

–Entonces lo más cómodo será que lo dejemos en manos de la Iglesia Universitaria. Nosotros procuraremos evitar a los que esperan un desfile excesivamente largo. Doy por sentado que su ser querido era caucásico, ¿verdad?

–No. ¿Por qué supone eso? Era inglés puro.

–Los ingleses son caucásicos puros, señor Barlow. La entrada al Parque está restringida. El Soñador lo dispuso así pensando en los que esperan. Durante sus días de prueba están mucho más a gusto con gente de su misma condición.

–Ah, ya comprendo. En fin, le aseguro a usted que sir Francis era totalmente blanco.

Al decir esto apareció vivamente en la mente de Dennis la imagen que desde hacía rato le estaba acechando, que raramente dejaba de entrever; el cuerpo colgado como un saco y la cara en su extremo superior, con los ojos rojos y horriblemente desorbitados, las mejillas manchadas de azul violeta como las aguas del canto de un cuaderno de registro y la lengua hinchada y salida como una morcilla.

–Decidamos ahora qué ataúd quiere.

Pasaron a las habitaciones donde se exhibían ataúdes de diversas formas y materiales: el ruiseñor continuaba cantando en la cornisa.

–Para los seres queridos del sexo masculino el más popular es el de la tapa de dos piezas. Porque se puede dejar abierta solo la pieza superior.

–¿Dejar abierta?

–Claro, cuando van los seres que esperan a despedirse de ellos.

–Pero mire, no, no creo que esto vaya a servir. Yo lo he visto. Ha quedado horriblemente desfigurado, ¿sabe?

–Si es un caso en el que usted cree que hay dificultades especiales, no tiene más que mencionárselo a nuestras especialistas en cosmética. Antes de marcharse le presentaré a una de ellas. Hasta el presente no han tenido ningún fracaso.

Dennis no se precipitó a elegir. Estudió con detenimiento todo lo que se ofrecía a la venta; y tuvo humildemente que reconocer que incluso el más simple de aquellos ataúdes superaba en mucho al más lujoso de los del Más Dichoso de los Cotos de Caza, y cuando llegó al nivel de los de dos mil dólares, que no eran los más caros, se sintió como en el Egipto de los faraones. Finalmente se decidió por un macizo baúl de nogal, con adornos de bronce y con el interior forrado de satén acolchado. La tapa consistía en dos partes, tal como le habían recomendado.

–¿Está usted segura de que conseguirán hacerlo presentable?

–El mes pasado nos llegó un ser querido que se había

ahogado. Había pasado un mes entero en el mar y se le reconoció por el reloj de pulsera. El fiambre quedó perfectamente –dijo la anfitriona descendiendo desconcertantemente de las ampulosas alturas del discurso que hasta entonces había empleado–, estaba como en el día de su boda. Las muchachas del piso de arriba saben lo que se llevan entre manos. Aunque se hubiera sentado sobre una bomba atómica, serían capaces de volverlo a hacer presentable.

–Consuela saberlo.

–Desde luego.

Y acto seguido readoptó la actitud profesional de antes como quien se vuelve a calar un par de gafas y prosiguió diciendo:

–¿Cómo desea que ataviemos a su ser querido? Aquí contamos con nuestro propio taller de confección. Puede ocurrir que después de una larga enfermedad no se disponga de ropa adecuada o que los seres que esperan no estén dispuestos a echar a perder un traje nuevo. Mire, nosotros podemos confeccionar un traje a precio razonable porque lo que se lleva dentro de un ataúd no tiene por qué ser muy sólido, además en los casos en que solo se expone la parte superior durante la ceremonia de la despedida, no se precisa más que americana y chaleco. Un color oscuro es lo mejor para hacer resaltar las flores.

Dennis estaba totalmente fascinado. Por fin consiguió decir:

–Sir Francis no era un dandy. Dudo de que tenga nada apropiado para lucir en el ataúd. Pero en Europa me parece que se utilizan mortajas.

–Ah, aquí también tenemos mortajas. Le mostraré unas.

La anfitriona le condujo a una sala donde había una serie de aparadores corredizos parecidos a los de las cómodas de sacristía donde se guardan las casullas y demás, tiró de una y apareció una prenda totalmente insólita a los ojos de Dennis. Al darse cuenta del interés despertado en el joven, se la acercó para que la viera mejor. A primera vista parecía un traje completo abrochado por delante, pero abierto por la espalda; las mangas caían sueltas, con las costuras abiertas; de los puños sobresalía un centímetro de tela blanca, y por la uve del chaleco también, de relleno; de la abertura del cuello salía una pajarita muy bien anudada y el cuello, a su vez, también estaba abierto por detrás. Era un postizo llevado a su más apoteósica expresión.

–Especialidad de la casa –dijo ella– aunque actualmente nos lo imitan en muchos sitios. La idea viene de los *vaudevilles* en que los actores necesitan un rápido conjunto de quita y pon. Con esto se puede vestir al ser querido sin cambiarle la pose.

–Muy interesante. Creo que es la prenda más apropiada al caso.

–¿Con o sin pantalón?

–¿Qué ventaja concreta tiene el pantalón?

–Como atuendo para la Habitación del Sueño. Todo depende de si prefieren que durante la ceremonia de despedida aparezca tendido en una tumbona o en el ataúd.

–Preferiría ver la Habitación del Sueño antes de tomar una decisión.

–No faltaba más.

Le hizo salir de nuevo al vestíbulo y luego subir por una escalera.

El ruiseñor había sido sustituido por el órgano y los acordes de Händel los acompañaron hasta la Planta del Sueño. Ella preguntó a una de sus colegas:

–¿Qué habitación está libre?

–Solo la del Narciso.

–Sígame, señor Barlow.

Pasaron de largo ante numerosas puertas de roble barnizado hasta que por fin ella abrió una haciéndose a un lado para dejarlo entrar. El interior era el de una reducida habitación, muy bien amueblada y empapelada. Hubiérase podido tomar por una de las estancias de algún lujoso y moderno club de campo, salvo por una cosa. En torno a un sofá tapizado de cretona india había numerosos jarrones llenos de flores, y en el sofá yacía lo que, al parecer, era la copia en cera de una mujer de edad ataviada como para salir de noche. Entre sus manos enguantadas de blanco sostenía un ramillete de flores y sobre su nariz brillaban un par de anteojos sin montura.

–¡Ay! –exclamó su guía–. ¡Qué tonta! Hemos entrado en Prímula por equivocación. Está ocupada–añadió superfluamente.

–Ya.

–La despedida no será hasta esta tarde, pero mejor que nos vayamos antes de que nos vean las de la cosmética. Tienen por costumbre dar unos toques finales poco antes de la llegada de los que esperan. De todos modos, con eso ya podrá hacerse una idea de cómo queda si lo ponemos en una tumbona. Para los señores acostumbramos a aconsejar el despliegue de medio cuerpo en el interior del ataúd porque generalmente no tienen las piernas muy bonitas.

Le indicó que saliera.

–¿Serán muchos en la ceremonia de despedida?

–Sí, me imagino que serán muchos.

–Entonces lo mejor será que reserve una *suite* con antecámara. La mejor es la Habitación de la Orquídea. ¿Se la reservo?

–Sí, por favor.

–¿Y se decide por el despliegue a medias en el ataúd en vez de la tumbona?

–La tumbona no.

La mujer le mostró el camino de regreso al vestíbulo de recepción.

–Le ha debido de hacer un efecto un poco raro toparse de pronto con uno de los seres queridos, ¿verdad, señor Barlow?

–Confieso que sí.

–Cuando llegue el día será diferente, ya verá. La despedida produce un gran consuelo. Es corriente que los seres que esperan hayan visto al ser querido por última vez cuando estaba en la cama, sufriendo y rodeado de los tétricos implementos de la habitación de un enfermo o de un hospital. Aquí vuelven a verlo como lo habían conocido en sus mejores años de vida, transfigurado por la paz y la felicidad. En el funeral apenas tienen tiempo de verlo cuando desfilan por delante del ataúd. Mientras que en la Habitación del Sueño pueden mirarlo todo el tiempo que deseen, y tomar una fotografía mental de su último recuerdo.

La mujer hablaba, según observó él, en parte según el espíritu del libro del Soñador y, en parte, con palabras llenas de una personal vivacidad. Estaban de vuelta en la sala de recepción y ella le dijo animadamente:

–Bueno, me parece que ya tengo todo lo que necesitaba de usted, señor Barlow, excepto la firma en la hoja de encargo y una suma por adelantado.

Dennis iba preparado para ello. Formaba parte de las formalidades seguidas en el Más Dichoso de los Cotos de Caza. Le entregó quinientos dólares y se quedó con el resguardo.

–Ahora una de las maquilladoras le pedirá los datos que precisa para su trabajo, pero antes de despedirnos permítame que le pregunte si no le interesa tomar disposiciones antes del día.

–Todo lo relacionado con el Claro de los Susurros me despierta un vivísimo interés, pero este aspecto menos que otros, tal vez.

–Las ventajas del plan son dobles –dijo siguiendo con maligna fruición la letra del libro–, económicas y psicológicas. Usted, señor Barlow, llegará muy pronto a la edad óptima de su vida en lo que a ganar dinero se refiere. Usted está sin duda tomando toda clase de medidas en vistas a su futuro..., inversiones, seguros y demás. Su plan es asegurarse una vejez tranquila, pero no ha pensado en la carga que usted puede representar para los que le sobrevivan. El pasado mes, señor Barlow, vino a vernos un matrimonio para consultarnos acerca de nuestras Disposiciones Antes del Día. Se trataba de ciudadanos de buena posición, en la mejor edad de la vida, con dos hijas, dos pimpollos a punto de alcanzar su máximo esplendor. Escucharon con atención nuestro plan, que al parecer les causó muy buen efecto y se marcharon prometiendo volver pronto para firmar el contrato. Pero al día siguiente la pareja falleció, señor Barlow, víctima de un accidente de automóvil, y en su lugar aparecieron dos dolidas huérfanas preguntando qué disposiciones habían tomado sus padres. Nosotros no tuvimos más remedio que hacerles saber que no habían tomado disposición alguna. En la hora de extrema necesidad, las chiquillas se encontraron sin consuelo de ninguna clase a su disposición. Qué distinto hubiera sido de haberles podido decir: «Bienvenidas a la Dicha del Claro de los Susurros.»

–Bueno, pero como usted sabe yo no tengo hijos y, además, soy extranjero y no tengo intención de morirme aquí.

–Señor Barlow, usted teme a la muerte.

–No, le aseguro que no.

–Es un instinto natural, señor Barlow, el retraerse ante lo desconocido. Pero si se aviene a hablar de ello abierta y francamente, se liberará de pensamientos mórbidos. Es una de las lecciones aprendidas gracias al psicoanálisis. Saque sus oscuros temores a la luz de un día normal de la vida de un hombre corriente, señor Barlow. Descubra que la muerte no es una íntima tragedia de su vida personal, sino que forma parte de la vida de todos los hombres. Recuerde las hermosas palabras escritas por Hamlet: «Ten en cuenta que la muerte es de todos; todo lo vivo ha de morir.» Tal vez usted juzgue mórbido e incluso peligroso detenerse a reflexionar sobre este tema, señor Barlow; pero investigaciones científicas han demostrado lo contrario. Hay muchas personas que pierden energía vital prematuramente y que menoscaban su capacidad económica a causa, meramente, del miedo que tienen a la muerte. Mientras que si logran liberarse del miedo, las posibilidades de alargar los años de su vida aumentan considerablemente. Escoja ahora, tranquilo y en perfecta salud, la forma en que desea ser tratado por última vez, pague ahora cuando menos esfuerzo le cuesta y libérese de la angustia. Sacúdase el mochuelo y échenoslo a nosotros, señor Barlow, el Claro de los Susurros puede cargar con él sin dificultad.

–Reflexionaré detenidamente sobre ello.

–Quédese con el prospecto. Y ahora le dejo en manos de la maquilladora.

Ella se marchó y Dennis inmediatamente la olvidó. La había visto muchas veces y en todos sitios. Las madres americanas, se dijo Dennis, seguramente distinguen a una hija de la otra, como se dice que hacen con gran sutileza los chinos a pesar de la aparente uniformidad de su pueblo, pero para un ojo europeo la anfitriona de aquella funeraria era idéntica a sus hermanas las azafatas de las compañías de aviación y a las recepcionistas, idéntica a la señorita Poski del Más Dichoso de los Cotos de Caza. Era un producto estándar. Era perfectamente posible despedirse de una de ellas en cualquier tienda de comestibles neoyorquina, hacer tres mil kilómetros en avión y volverla a encontrar en un estanco de San Francisco, como a tu favorita historieta seriada en el periódico local; y en los momentos de ternura te arrullará con las mismas palabras mientras que en las horas de discurso social manifestará profesar las mismas creencias y opiniones. Resultaba comodísimo; pero Dennis pertenecía a una civilización anterior y más exigente. Él buscaba lo intangible, la cara velada entre la niebla, la silueta en un portal iluminado, los encantos secretos de un cuerpo disimulado bajo la ceremoniosidad del terciopelo. Él no ambicionaba los tesoros de aquel rico continente, las largas piernas extendidas al borde de las piscinas, los abiertos y pintados ojos ni las bocas bajo arcos voltaicos. En cambio la chica que entró en aquel momento era un ejemplar único. Aunque no inclasificable; en cuanto la vio, a Dennis le vino a la mente la frase que la describía: la única Eva en un Edén ansiosamente higiénico, era una chica decadente.

Llevaba el blanco uniforme del oficio; entró en la habitación, se sentó a la mesa y cogió la pluma con el mismo aplomo profesional de su predecesora, pero no por ello dejó de ser lo que Dennis había vanamente buscado durante el pasado y solitario año de destierro.

Tenía el pelo oscuro y liso, las cejas grandes, el cutis transparente y sin el consabido bronceado del sol. El color de los labios era artificial, por supuesto, pero sin la espesa película de sus hermanas ni los grasientos grumos que, de costumbre, taponaban los finísimos poros; estos prometían, al contrario de los otros, un inconmensurable abanico de contactos sensuales. El rostro, lleno, era ovalado, el perfil puro, clásico y luminoso. Los ojos verdosos y remotos, con un cierto destello de locura.

Dennis contuvo el aliento. Al arrancar a hablar, la chica resultó vivaz y prosaica.

–¿De qué ha muerto su ser querido?

–Se ahorcó.

–¿Tiene la cara muy desfigurada?

–Espantosa.

–Es normal. Lo más probable es que el señor Joyboy se ocupe de él personalmente. Todo depende de cómo se le toca, de cómo se le hace un masaje para que la sangre fluya a las partes congestionadas. El señor Joyboy tiene unas manos maravillosas.

–¿Y usted a qué se dedica?

–Yo me cuido del pelo, la piel y las uñas y doy instrucciones a los embalsamadores sobre la expresión y el gesto. ¿Ha traído fotografías del ser querido? Es lo más útil cuando hay que recrear la personalidad. ¿Era el señor de temperamento alegre?

–No, más bien al contrario.

–¿Qué será mejor que anote, sereno y filosófico o circunspecto y decidido?

–Me parece que lo primero.

–Es la expresión más difícil de todas, pero el señor Joyboy se precia de ser especialista en ella..., en esta y en fijar la alegre sonrisa de los niños. ¿Conservaba su pelo original el ser querido? ¿Y la tez? Tenemos la costumbre de clasificarla de rústica, atlética y erudita..., es decir, roja, morena o blanca. ¿Erudito? ¿Y con gafas? Un monóculo. Presentan siempre un problema porque al señor Joyboy le gusta ladearles un poco la cabeza para darles una pose más natural. Quevedos y monóculos resultan siempre difíciles de mantener en su sitio cuando la carne está rígida. Además, claro, el monóculo pierde la naturalidad en cuanto se cierra el ojo. ¿Tiene un interés especial en que se lo pongamos?

–Era uno de sus rasgos más característicos.

–Como usted diga, señor Barlow. Por supuesto que para el señor Joyboy nada es imposible.

–Me gusta mucho la idea de que el ojo esté cerrado.

–De acuerdo. ¿Falleció el ser querido en una cuerda?

–Con tirantes. Lo que ustedes denominan suspensorios.

–Esto será fácil de arreglar. A veces queda una marca permanente. El mes pasado tuvimos a un ser querido que expiró con un hilo eléctrico. Ni el señor Joyboy pudo quitárselo. Tuvimos que envolverlo hasta el mentón con una bufanda. Pero la señal de los suspensorios desaparecerá sin problema.

–Observo que valora mucho al señor Joyboy.

–Es un auténtico artista, señor Barlow. Es todo lo que puedo decir.

–¿Disfruta con su trabajo?

–Lo considero un enorme privilegio, señor Barlow.

–¿Hace mucho tiempo que se dedica a ello?

Por lo general, según Dennis había observado, la gente de Estados Unidos tardaba bastante tiempo en mostrarse susceptible ante la curiosidad ajena acerca de su trabajo. Aquella maquilladora, en cambio, dio la impresión de correr otro tupido velo entre ella y su interlocutor.

–Dieciocho meses –se limitó a decir–. Y con eso ya casi he terminado de hacerle preguntas. ¿Tiene interés en algún detalle concreto de su personalidad? Por ejemplo, a veces el ser que espera desea que le pongan una pipa en la boca al ser querido. ¿O algún objeto determinado en las manos? A muchos les hace gracia que sostenga un instrumento de música. Una señora pasó toda la ceremonia de despedida con el teléfono en la mano.

–No, no me parece buena idea.

–¿Flores, entonces? Un detalle más..., la dentadura postiza. ¿Llevaba en el momento de morir?

–No lo sé, la verdad.

–¿Le importaría enterarse? A menudo desaparecen en el depósito de comisaría, lo que representa un trabajo adicional para el señor Joyboy. Los seres queridos que se dan muerte a sí mismos acostumbran a hacerlo con la dentadura puesta.

–Buscaré por su cuarto y si no la encuentro lo mencionaré a la policía.

–Muchas gracias, señor Barlow. Bueno, con eso tengo los datos esenciales completos. Ha sido un placer conocerle.

–¿Cuándo volveré a verla?

–Pasado mañana. Es aconsejable que llegue un poco antes de la despedida para comprobar que todo haya quedado como usted quería.

–¿Por quién he de preguntar?

Pregunte por la maquilladora de la Sala de la Orquídea.

–¿Sin nombre?

–El nombre no es necesario.

La muchacha desapareció y regresó la anfitriona olvidada de antes.

–Señor Barlow, he encontrado un guía para que le acompañe por el Parque.

Dennis despertó de su profundo ensimismamiento.

–Ah, no hace falta, me fío de la casa –dijo–. Para serle sincero, tengo la sensación de que, por hoy, ya he visto suficientes cosas.

Dennis pidió y obtuvo unos días de permiso del patrón del Más Dichoso de los Cotos de Caza para asistir al funeral y a sus preparativos. Al señor Schultz le costó bastante concedérselo. Difícilmente podría prescindir de los servicios de Dennis; cada día salían más vehículos de las fábricas, aparecían más conductores en las carreteras y más animalitos en el depósito de cadáveres; en Pasadena hubo una intoxicación general. La nevera se llenó hasta los topes y las llamas del crematorio quemaron día y noche sin parar.

–Será una experiencia muy valiosa para mi trabajo, señor Schultz –dijo Dennis tratando de amortiguar el reproche de que lo dejaba en la estacada–. Veré muchos de los métodos empleados en el Claro de los Susurros y regresaré con ideas de todas clases para aplicarlas aquí.

–¿Para qué quiere ideas nuevas? –preguntó el señor Schultz–. Las únicas ideas que me interesan son combustible más barato, sueldos más bajos y trabajo más duro.

Mire, señor Barlow, aquí contamos con la gente de toda la costa. No hay nada de nuestra categoría en todo lo que va de San Francisco hasta la frontera mexicana. ¿Cuánta gente conseguimos dispuesta a pagar cinco mil dólares para enterrar a su animal? ¿Cuántos pagan quinientos? Ni dos al mes. ¿Qué dicen la mayoría de los clientes? «Quémelo con poco gasto, señor Schultz, lo mínimo necesario para que no caiga en manos del municipio y me ponga en un aprieto.» Y, si no, es una tumba, con lápida por solo cincuenta dólares, responso incluido. Desde la guerra ya no se tiene la fantasía de antes, señor Barlow. Las personas fingen querer mucho a sus animalitos, les hablan como si fueran niños, y cuando llega un ciudadano con su nuevo automóvil, la cara bañada en lágrimas, lo primero que me dice es: «¿Cree que de verdad es un requisito social erigirle una lápida, señor Schultz?»

–Usted está celoso del Claro de los Susurros, señor Schultz.

–¿Y cómo no, viendo la cantidad de pasta que desembolsan para parientes que los han odiado toda su vida, mientras que animales que les han profesado verdadero cariño y nunca los han abandonado, nunca les han pedido cuentas por nada, ni elevado una queja, ricos o pobres, sanos o enfermos, son enterrados como si solo fueran animales? Tómese tres días de permiso, señor Barlow, pero no espere que se los pague con la excusa de que volverá con alguna idea original.

El forense no presentó problemas. Dennis declaró lo que tenía que declarar; la furgoneta del Claro de los Susurros se llevó los despojos; sir Ambrose manipuló con mentiras a la prensa. Y fue también sir Ambrose quien, ayudado de otros ilustres ingleses, formaron la Orden del Servicio. En Hollywood, la liturgia es más responsabilidad del director de escena que del clérigo. En el Club de Críquet todos querían que se les asignara un papel.

–Debería de hacerse una lectura de las obras –dijo sir Ambrose–. No creo que en este momento tenga una copia a mano. Son cosas que desaparecen misteriosamente cuando te mudas de casa. Barlow, usted es hombre de letras. No le costará encontrar un pasaje apropiado. Yo sugeriría algo que ayudara a hacerse una idea de qué tipo de hombre era..., de su amor a la naturaleza, su juego limpio, ya sabe.

–¿Amaba Frank la naturaleza o el juego limpio?

–Pues claro que sí, a la fuerza. Como todo gran personaje de la literatura; honrado por el mismo rey.

–No recuerdo haber visto ninguna de sus obras en la casa.

–Encuentre algo, Barlow. Aunque solo sea unas notas íntimas. O escríbalas usted mismo, si es necesario, supongo que debe de estar familiarizado con su estilo. Y, vaya, ahora que lo recuerdo, si usted es poeta. ¿No cree que es la ocasión justa para componer unos versos sobre el viejo

Frank? Para recitarlos yo junto a la tumba, ¿sabe? Al fin y al cabo, caramba, es lo mínimo que puede hacer por él... y por nosotros. Nos lo debe. A nosotros nos ha tocado trabajar como asnos.

«Trabajar como asnos, sí, exactamente», pensó Dennis mientras observaba a los miembros del club haciendo la lista de invitados. El tema había causado conflictos. Unos eran partidarios de que el grupo fuera pequeño y exclusivamente británico, mientras que la mayoría, encabezada por sir Ambrose en persona, quería invitar a todos los grandes de la industria cinematográfica. De qué servía «dejar bien puesta la bandera», decía, si el único espectador tenía que ser el pobre Frank. Nunca cupo ninguna duda de quién iba a ganar. Sir Ambrose contaba con todos los triunfos en la mano. De manera que se imprimió un gran número de tarjetas.

Entretanto Dennis se dedicó a buscar ejemplares de las obras de sir Francis. En el chalet había muy pocos libros y eran de Dennis casi todos. Él no recordaba los encantadores tomos aparecidos cuando él aún estaba en la cuna, libros de cartón estampado en las portadas y contraportadas, que a menudo contaban con unas pocas palabras originales de Lovat Fraser en la contraportada, productos de una mente ligera pero activa, biografías, relatos de viajes, crítica, poesía, teatro..., *belles lettres* para decirlo en pocas palabras. El más ambicioso se titulaba *Un hombre libre saluda al alba,* y era mitad autobiográfico, un cuarto político, otro tanto místico, una obra que en los años veinte llegó al alma de todos los suscriptores de Boots, y gracias al cual se le concedió el título de sir Francis. Hacía mucho tiempo que *Un hombre libre saluda al alba* se había agotado, y que nadie hacía honor ni recordaba su agradable fraseología.

Cuando Dennis conoció a sir Francis en los estudios de la Megalopolitan el nombre de Hinsley aún no era desconocido. En *Poemas de hoy* se había incluido uno de sus sonetos. De preguntarle alguien, Dennis se hubiera aventurado a afirmar que su autor había muerto en la guerra de los Dardanelos. No era de extrañar que Dennis no poseyera ninguna de sus obras. Ni tampoco, para quien conociera a sir Francis, que él tampoco hubiera guardado ninguna. Hasta el final, fue uno de los hombres de letras menos vanidosos imaginables, y por lo tanto menos recordados.

Dennis dedicó mucho tiempo inútilmente a la búsqueda y cuando ya comenzaba a prepararse para una desesperada visita a la biblioteca pública, halló un ejemplar muy manchado y viejo de *Apollo.* Su portada azul se había desteñido hasta tomar un tinte grisáceo, y era del mes de febrero de 1920. Contenía principalmente poemas escritos por mujeres, muchas de las cuales ya deberían, ahora, ser abuelas. Tal vez la explicación de reliquia tal, al cabo de tantos años y en lugar tan remoto, residiera precisamente en uno de sus sentidos poemas. No obstante, en las últimas páginas de la revista había una reseña firmada por F. H. Versaba, según notó Dennis, sobre una poetisa cuyos sonetos aparecían al principio. El nombre de la autora había sido olvidado hacía tiempo, pero quizá en él, se dijo Dennis, se hallara algo «que tocara el corazón del hombre», algo que explicara su largo exilio; en todo caso algo que le dispensaba de tener que acudir a la biblioteca municipal... «Librito que en sus breves páginas rezuma un talento apasionado y reflexivo en un grado muy superior a lo corriente...» Dennis recortó la reseña y se la envió a sir Ambrose. Acto seguido volvió a concentrarse en su composición.

El roble barnizado, las cretonas indias, la esponjosa alfombra y la escalinata de estilo georgiano terminaban súbitamente en la segunda planta. Más arriba había un sector vedado al público. Se llegaba a él en un ascensor, una caja puramente funcional de dos metros y medio cuadrados. En esta planta de arriba no se veía más que porcelana, azulejos, linóleo y cromado. En ella se encontraban las salas de embalsamamiento con sus consiguientes repisas de porcelana puestas en hilera, sus grifos, sus tubos y bombas a presión, sus hondos canalones y el intenso olor a formaldehído. Después venían las habitaciones del maquillaje con sus olores a champú y a pelo recalentado, a acetona y a agua de lavanda.

Un empleado entró empujando una camilla en el cubículo de Aimée. Debajo de la sábana había un cuerpo. El señor Joyboy caminaba al lado.

–Buenos días, señorita Thanatogenos.

–Buenos días, señor Joyboy.

–Le traemos el ser querido estrangulado que ha de ir a la Sala de la Orquídea.

El señor Joyboy era la muestra perfecta de la corrección y buenos modales profesionales. Antes de que llegara él, se había notado un claro deterioro de tono en cuanto se pasaba de las salas de exposición al taller. En este se hablaba impunemente de «muertos» y de «cadáveres»; un desaprensivo y joven embalsamador de Texas había llegado a hablar de «fiambres». A la semana de ocupar el señor Joyboy el puesto de decano de la funeraria, el joven fue puesto de patitas en la calle, lo cual sucedió al mes de la llegada de Aimée Thanatogenos como maquilladora empleada en el Claro de los Susurros. La chica recordaba perfectamente los malos ratos pasados antes de la llegada de él y no podía por menos de agradecer la serenidad y la calma que parecía emanar espontáneamente de su presencia.

El señor Joyboy no era hombre apuesto según los cánones fijados por los estudios cinematográficos. Era alto pero no atlético. Su cabeza y su cuerpo carecían de forma, de color; sus cejas eran raquíticas y las pestañas ni se veían; el pelo, aunque acicalado y perfumado, era más bien escaso; las manos carnosas; lo mejor era probablemente la dentadura, aunque los dientes, blancos y regulares, parecían ligeramente desmesurados; tenía los pies un poco planos y un estómago más bien abultado. Pero sus defectos físicos eran meramente banales cuando se los comparaba con su seriedad ética y con el seductor encanto de la suave resonancia con que hablaba. Daba la impresión de que llevaba un altavoz escondido en el cuerpo y que su voz provenía de un regio estudio remoto: siempre que decía algo daba la impresión de que iba destinado a la hora punta de una popular emisora de radio.

El doctor Kenworthy solo se contentaba con lo mejor, y el señor Joyboy llegó al Claro de los Susurros con una excelente reputación. Se había licenciado en embalsamamiento en una universidad del Middle West y antes de su presente cargo, en el Claro de los Susurros, había estado varios años en la Facultad de Estudios Funerarios de una de las antiguas universidades del Este. Había ocupado el puesto de primer ejecutivo social en dos congresos nacionales de funeraria. Había encabezado una comisión de buena voluntad en un congreso de funerarias sudamericanas. Su fotografía había aparecido en la revista *Time,* aunque, eso sí, con un ambiguo epígrafe de mala fe.

Antes de que llegara, en la sala de embalsamamiento había corrido el rumor de que el señor Joyboy era meramente un teórico. Rumores que quedaron desmentidos a la primera mañana. Era imposible no respetarlo en cuanto se lo veía con un cuerpo entre manos. Fue como cuando llega un desconocido al coto de caza y al instante en que aparece sobre el caballo, antes de que arranquen a correr los mastines, se ve claramente que es un gran jinete. El señor Joyboy era soltero y codiciado por todas las chicas del Claro de los Susurros.

Aimée era consciente de que cuando hablaba con él, ponía una voz peculiar.

–¿Ha sido un caso difícil, señor Joyboy?

–Bueno, un poquito, pero me parece que al final ha quedado bastante bien.

Apartó la sábana y apareció el cuerpo de sir Francis, desnudo salvo por unos inmaculados calzoncillos de lino blanco. Estaba blanco y levemente translúcido, como mármol mojado por la lluvia.

–Oh, señor Joyboy, qué hermoso está.

–Sí, yo diría que me ha salido bien. –Con gesto de pollero pellizcó un muslo–. Elástico. –Levantó uno de los brazos y con suavidad le dobló la muñeca–. Creo que podemos esperar dos o tres horas antes de fijarlo en una pose. La cabeza tendrá que inclinarse un poco para que la sutura de la cariótida quede en la sombra. El cerebro se vació sin dificultad.

–Pero, señor Joyboy, le ha dado la radiante sonrisa, de niño.

–Sí, ¿no le gusta?

–Claro que me gusta, pero el ser que espera no la encargó.

–Señorita Thanatogenos, los seres queridos sonríen espontáneamente para usted.

–No diga esas cosas, señor Joyboy.

–Es cierto, señorita Thanatogenos. Por lo visto no puedo evitarlo. Cuando trabajo para usted hay algo dentro de mí que dice: «Esto es para la señorita Thanatogenos», y los dedos se me ponen a trabajar por su cuenta. ¿No lo ha notado?

–La verdad, señor Joyboy, lo observé por primera vez la semana pasada. «Todos los seres queridos que me llegan del señor Joyboy», dije, «sonríen maravillosamente.»

–Le sonríen a usted, señorita Thanatogenos.

Allí ni llegaba la música. Toda la planta resonaba con el ajetreo de los remolinos y gorgoteos de los grifos de las salas de embalsamamiento, del zumbido de los secadores de pelo de las salas de cosmética. Aimée parecía una monja trabajando, reconcentrada, serena, metódica; primero el champú, luego el afeitado, acto seguido la manicura. Hizo una raya en medio del cabello canoso, enjabonó las mejillas de consistencia gomosa y les aplicó la navaja; recortó las uñas y retocó la cutícula. Después tiró de la mesa en la que había los tintes, cepillos y cremas y se concentró casi dejando de respirar en la fase crucial de su oficio.

En dos horas quedó completo el trabajo más esencial. La cabeza, el cuello y las manos habían recobrado totalmente el color; aunque levemente crudo en cuanto al tono, tosco en cuanto a la pátina, pero eso era solo bajo la dura luz de la sala de cosmética, y la obra estaba destinada para la anaranjada media luz de la Sala del Sueño y la que se filtraba por la vidriera de colores del altar. Perfeccionó el punteado azul en torno a los párpados y reculó unos pasos con expresión satisfecha. El señor Joyboy se había colocado sigilosamente a su lado y miraba su trabajo.

–Muy bonito, señorita Thanatogenos –dijo–. Ya veo que puedo depositar toda mi confianza en usted. ¿Ha tenido dificultades con el párpado de la derecha?

–Un poco.

–¿Verdad que tiende a abrirse por la esquina del interior?

–Sí, pero le he aplicado un poco de crema por la parte de debajo y luego lo he fijado con número seis.

–Estupendo. No necesita que yo le diga nada. Trabajamos al unísono. Siempre que le envío un ser querido, señorita Thanatogenos, siento como si hablara con usted a través de él. ¿Ha sentido alguna vez eso?

–Reconozco que realizo el trabajo con especial deseo de quedar bien siempre que me llega de usted, señor Joyboy.

–Lo creo, señorita Thanatogenos. Que Dios la bendiga.

El señor Joyboy suspiró. La voz de uno de los porteros dijo:

–Dos seres queridos están a punto de subir, señor Joyboy. ¿A quién van destinados?

El señor Joyboy lanzó otro suspiro y se marchó a su trabajo.

–Señor Vogel, ¿está libre para el siguiente?

–Sí, señor Joyboy.

–Uno es una niña –dijo el portero–. ¿Se ocupará de ella usted mismo?

–Sí, por descontado. ¿Se trata de madre e hija?

El portero miró las etiquetas que colgaban de las muñecas.

–No. No están emparentados, señor Joyboy.

–Muy bien. Señor Vogel, ¿se ocupará usted del adulto? De haber sido madre e hija, hubiera hecho los dos yo mismo, aunque estoy ocupadísimo. Hay siempre algo distintivo en cada técnica individual... que tal vez no todos noten; pero si yo viera a una pareja que ha sido embalsamada por dos personas diferentes, observaría inmediatamente que la criatura no pertenecía propiamente a la madre; como si la muerte los hubiera convertido en un par de desconocidos. ¿Le parece tal vez un delirio?

–Usted quiere mucho a los niños, ¿verdad, señor Joyboy?

–Sí, señorita Thanatogenos. No me gusta hacer discriminaciones, pero soy humano y no puedo evitarlo. Existe algo en la seductora inocencia de los niños que despierta en mí el deseo de superarme. A veces parece como si la inspiración me viniera de fuera; de algo más alto..., pero ahora no es momento de hablar de un tema que me es tan caro. A trabajar...

Por fin llegaron los costureros y amortajaron a sir Francis, ajustándole la prenda con gran habilidad. Después lo levantaron, el cuerpo comenzaba a endurecerse, y lo colocaron dentro del ataúd.

Aimée se acercó a la cortina que separaba las salas de embalsamamiento de las de cosmética y llamó a un empleado.

–Haga el favor de avisar al señor Joyboy de que mi ser querido está listo para la pose. Debería venir lo antes posible. Se está envarando.

El señor Joyboy cerró un grifo y fue a atender a sir Francis. Le alzó los brazos y le juntó las manos, no en gesto de oración, sino una sobre la otra en actitud resignada. Le alzó la cabeza, reajustó el cojín y le torció el cuello para que tres cuartas partes del rostro quedaran visibles. Retrocedió unos pasos, examinó el efecto y después se agachó un poco hacia adelante para ladear ligeramente el mentón.

–Perfecto –dijo–. Al colocarlo en el ataúd lo han rozado un poco. Dele unas pinceladas.

–Sí, señor Joyboy.

El señor Joyboy se entretuvo unos instantes más, luego se dispuso a marcharse.

–Dé vuelta al bebé –dijo.

El funeral iba a ser el jueves; el miércoles por la tarde era la despedida en la Sala del Sueño. Por la mañana Dennis fue al Claro de los Susurros a comprobar si todo estaba en orden.

Le hicieron pasar directamente a la Sala de la Orquídea. Había llegado una gran cantidad de flores, en su mayoría de la floristería de abajo, casi todas con su «natural belleza». (La admisión del hermoso trofeo del Club de Críquet en forma de palas y mallos tuvo que ser consultada. El doctor Kenworthy en persona emitió juicio; el trofeo era en esencia una evocación de la vida, no de la muerte; ahí estaba el quid.) La antecámara estaba tan llena de flores que daba la impresión de que no había otros muebles ni objetos de decoración; una puerta doble daba a la Sala del Sueño propiamente dicha.

Dennis vaciló un instante con los dedos sobre el pomo y tomó conciencia de que entraba en contacto con una mano situada al otro lado de la puerta. La posición con que cientos de amantes se han encontrado en cientos de novelas. La puerta se abrió y Aimée Thanatogenos apareció de pie muy cerca de él; a sus espaldas, más flores, y toda ella sumida en la fragancia de un surtido invernadero y en el rumor de un coro salmodiando música sacra desde una tarima. En el instante del encuentro una voz aguda arrancó a cantar con expresiva dulzura: «Ay las alas de la paloma.»

No se movía ni una gota de aire en la quietud mágica de las dos salas. Las ventanas de goznes de plomo estaban herméticamente cerradas. El aire llegaba, como la voz del chico, de muy lejos, esterilizado e irreconocible. Hacía una temperatura ligeramente más fresca que la normal en los interiores de las casas americanas. Las habitaciones daban la sensación de estar aisladas y con una calma poco natural, como la de un vagón de ferrocarril detenido lejos de una estación en plena noche.

–Entre, señor Barlow.

Aimée se hizo a un lado y entonces Dennis vio que el centro de la estancia estaba ocupada por un enorme cúmulo de flores. Dennis era demasiado joven para haber visto un auténtico cenador eduardiano en funciones, pero estaba familiarizado con la literatura de la época y no le costó reconocer el cuadro; no faltaba nada, estaban incluso las sillas doradas colocadas de dos en dos como a la espera de un almidonado y enjoyadísimo galanteo.

No había catafalco. El ataúd se encontraba a pocos centímetros de la alfombra, sobre un pedestal oculto entre las flores. Tenía la tapa medio abierta. Sir Francis era visible de la cintura para arriba: Dennis pensó en la figura de cera de Marat dentro de la bañera.

La mortaja había sido admirablemente ajustada. En el ojal había una gardenia y entre los dedos otra. El pelo estaba blanco como la nieve y partido en dos mitades por una raya recta de la frente a la coronilla que dejaba el cráneo al descubierto, incoloro y liso como si lo hubieran despellejado para exhibir ya la solidez de la calavera. La montura de oro del monóculo enmarcaba un párpado delicadamente pintado.

La inmovilidad era tan absoluta que asustaba más que cualquier acto violento. Despojado, por decirlo de alguna manera, del espeso vellón de movilidad e inteligencia, el cuerpo parecía mucho más pequeño de su tamaño normal. Y la cara que le dirigía su ciega mirada..., la cara era algo espantoso; intemporal como una tortuga e igualmente inhumana; un maquillado *travesti* de sonrisa amarga cuya obscenidad convertía la diabólica máscara que Dennis había descubierto en el nudo corredizo en un objeto comparativamente alegre y decorativo, el tipo de objeto que un tío es capaz de sacarse de la manga durante la Nochebuena.

Aimée permaneció de pie al lado de su obra de artesanía, cual pintor en una exposición, y oyó cómo Dennis daba un respingo de súbita emoción.

–¿Es lo que usted había esperado?

–Mucho más. –Y luego añadió–: ¿Está ya rígido?

–Firme.

–¿Puedo tocarlo?

–No, por favor. Dejaría una marca.

–De acuerdo.

Entonces, según los dictados de la etiqueta del lugar, ella le abandonó a sus pensamientos.

Horas más tarde, aquel mismo día, hubo un ajetreado entrar y salir de la Sala de la Orquídea; en la antecámara se apostó una muchacha del secretariado del Claro de los Susurros que se dedicaba a ir anotando los nombres de las visitas. Que no fueron los más ilustres. Las estrellas, los productores, los jefes de departamentos llegarían al día siguiente para el sepelio. Aquella tarde eran representados por subalternos. Era como la fiestecita que se acostumbra a celebrar la víspera de una boda para exhibir los regalos, a la que solo asisten los más íntimos, los que no tienen nada que hacer y los don nadie. Los pelotilleros hicieron todos acto de presencia. El hombre propone, Dios dispone. Y aquellos señores corteses, gorditos, hicieron gala de su perenne consentimiento definitivo a cualquier disposición inclinando la cabeza ante la ciega máscara de la muerte.

Sir Ambrose pasó por allí un momento.

–¿Todo listo para mañana, Barlow? No se olvide de escribir la oda. Me gustaría verla por lo menos una hora antes para poder ensayar delante del espejo. ¿Cómo va?

–Me parece que bien.

–La recitaré delante de la tumba. En la capilla habrá solo una lectura de las obras y una canción de Juanita, «El verde perdurable». Es la única canción irlandesa que sabe por ahora. Es curioso el aire flamenco de su interpretación. ¿Ha dispuesto cómo ha de sentarse la gente en la capilla?

–Todavía no.

–Los del Club de Críquet se sentarán juntos, por supuesto. Los de la Megalopolitan ocuparán las primeras cuatro filas. Es posible que venga Erikson en persona. En fin, ¿puedo dejarlo en sus manos, verdad?

En el instante en que iba a salir de la funeraria, dijo:

–Lo siento por el joven Barlow. Debe de estar afectadísimo. El truco es darle mucho que hacer.

Dennis encontró finalmente el momento de ir a la Iglesia de la Universidad. Era un edificio pequeño de piedra con una torre cuadrada que se elevaba sobre unos robles todavía jóvenes en la cima de una colina. La entrada contaba con un aparato que se podía accionar para oír una conferencia en que se daban las características del lugar. Dennis se detuvo a escuchar.

Era una voz conocida, la de las películas de viajes:

«Ahora se encuentra usted en la Iglesia de San Pedro Extramuros, de Oxford, uno de los lugares de devoción más venerados y más antiguos de Inglaterra. A ella han entrado enteras y numerosas generaciones de estudiantes de todo el mundo para dar rienda suelta a los sueños de la juventud. En ella, hombres de ciencia y estadistas en ciernes han urdido los sueños de sus futuros triunfos. En ella el gran Shelley planificó su gran carrera poética. De ella han partido numerosos jóvenes llenos de esperanza para seguir los caminos del éxito y de la felicidad. Ella simboliza el alma del ser querido que se pone en marcha hacia la aventura más prometedora de todos los tiempos. Hacia el triunfo que nos espera a todos, por grande que haya sido la decepción de nuestras vidas anteriores.

»Esto es más que una mera reproducción, es una reconstrucción. Un construir por segunda vez lo que los antiguos artesanos quisieron hacer con los toscos utensilios de las épocas pasadas. El tiempo ha hecho de las suyas sobre el hermoso original. Aquí pueden verlo de nuevo en la forma soñada siglos atrás por sus primeros constructores.

»Como observarán las naves laterales han sido construidas enteramente con cristal y acero del Grado A. Existe una hermosa anécdota a este respecto. En 1935, el doctor Kenworthy recorría la casa del tesoro del arte que es Europa para encontrar una obra digna del Claro de los Susurros. Llegó a Oxford y a la famosa iglesia normanda de San Pedro. La encontró muy oscura. La encontró llena de convencionales y deprimentes monumentos funerarios. "¿Por qué la llaman San Pedro Extramuros?", preguntó el doctor Kenworthy, y le explicaron que, en la antigüedad, los muros de la ciudad se hallaban interpuestos entre el centro comercial de la ciudad y la iglesia. "Mi iglesia –replicó el doctor Kenworthy– no tendrá muros." Y así podéis contemplarla ahora, llena de la divina luz del sol y de aire fresco, de los cantos de las aves y de flores...»

Dennis escuchó con gran atención las modulaciones de aquella voz tan a menudo parodiada y que, no obstante, jamás lograba sonar más absurda o más falsa que la original. Su interés ya no era meramente técnico o satírico. El Claro de los Susurros lo tenía totalmente hechizado. Presencias atávicas comenzaban a asomar la cabeza por esta zona de la mente en que nada es seguro y en la que nadie se atreve a entrar, salvo el artista. Dennis, el pionero, interpretaba el tamtam.

La voz cesó y después de una pausa comenzó de nuevo: «Ahora se encuentra usted en la iglesia de San Pedro Extramuros...» Dennis apagó el aparato, se dirigió a la zona de los asientos y se dispuso a comenzar su prosaica tarea.

En el secretariado le habían dado una pila de tarjetas con los nombres escritos a máquina. Era muy simple repartirlas por los bancos. Debajo del órgano había uno particular, separado de la nave por una reja y una cortina de gasa. En aquel rincón, si era necesario, la familia del difunto podría recogerse como en *purdah,* protegida de las miradas de los curiosos. Dennis decidió asignarlo a los cronistas del chismorreo local.

A la media hora terminó el trabajo y salió a los jardines, que no encontró más llenos de luz ni de flores ni de cantos de aves que la iglesia normanda.

La oda comenzaba a abrumarlo. Todavía no había escrito ni una sola palabra y la languidez y fragancia de la tarde no incitaba al trabajo. Le perseguía además otra voz que muy débilmente, pero sin parar, le reclamaba para una tarea mucho más esforzada que la de las honras fúnebres de sir Francis. Aparcó el coche junto a la entrada cubierta del cementerio y se dirigió a pie por un camino de grava que descendía la colina. Las tumbas apenas se veían, señaladas por pequeñas placas de bronce, muchas de las cuales eran tan verdes como el césped. El agua saltaba juguetonamente de las cañerías ocultas que atravesaban todo el terreno y formaba una especie de irisado cinturón de lluvia por encima del cual surgían una multitud de estatuas de bronce o de mármol de Carrara, alegóricas, infantiles o eróticas. Un mago barbudo que escudriñaba el futuro en las oscuras profundidades de lo que tenía toda la pinta de ser una pelota de fútbol de escayola. Un niño en pañales agarrado al pétreo seno de un Mickey de mármol. A la vuelta del camino, podía uno toparse con una Andrómeda, desnuda y envuelta en cintas, contemplando una mariposa de mármol que se había posado sobre su pulidísimo brazo. Y él con sus sentidos literarios muy alerta, como un perro de caza. En el Claro de los Susurros detectaba algo que presentía como muy necesario y que solo él era capaz de descubrir.

Al cabo de un largo rato se encontró por fin al borde de un lago, lleno de lirios y de aves acuáticas. Un cartel rezaba: «Se venden billetes para el lago de Innisfree», y vio a tres parejas jóvenes esperando al pie de una rústica plataforma de embarque. Compró un billete.

–¿Uno solo? –inquirió la taquillera.

Los jóvenes parecían tan abstraídos como él, sobándose como sumidos en una miasma casi perceptible de amor adolescente. Dennis aguardó al margen hasta que una canoa eléctrica arrancó de la orilla opuesta y se acercó silenciosamente al muelle. Embarcaron todos y al fin de la breve travesía las parejas desaparecieron por entre los jardines. Dennis permaneció indeciso unos instantes junto a la orilla.

El timonel dijo:

–¿Esperas encontrarte con alguien, tú?

–No.

–Esta tarde no ha habido ninguna chica. De haber habido alguna, yo me hubiera fijado. La mayoría de la gente ya viene con su pareja. Solo muy de vez en cuando ves a un tipo solo que se ha citado con la novia aquí, pero lo más frecuente es que ella no se deje ver el pelo. Es mejor conseguir la mujer antes de pagar el billete, digo yo.

–No –dijo Dennis–. Yo solo he venido a escribir una poesía. Será un sitio adecuado, ¿verdad?

–Eso no te lo puedo decir. Yo no me dedico a escribir poemas. Pero lo han dejado muy poético, eso sí. El nombre que le han puesto es de un poema muy bonito. Y también han puesto colmenas. Antes había abejas, pero picaban mucho y entonces lo mecanizaron y está todo muy científico. O sea que ahora se acabaron los culos hinchados y en cambio hay mucha poesía.

»Desde luego que debe ser muy poético para que le planten a uno aquí. Cuesta como unos mil dólares. El lugar más poético de todo el Parque. Yo vi cómo lo hacían. Calcularon que vendrían muchos irlandeses, pero por lo visto los irlandeses son poéticos por naturaleza y no quieren pagar tanto para ser plantados. Además ellos ya tienen un cementerio propio, al nivel del suelo, en el centro de la ciudad. ¡Como son católicos! Aquí vienen sobre todo los judíos de clase. Son gente que valoran la intimidad. El agua que ves sirve para alejar a los animales. Los animales llevan de cabeza a la gente de los cementerios. El doctor Kenworthy hizo un chiste a propósito de ello en la fiesta anual. En la mayoría de los cementerios, dice, hay servicios para los gatos y un motel para los perros. Gracioso, ¿eh? No, si el doctor Kenworthy es un buen tipo cuando aparece en la anual.

»En la isla no existe problema de perros y gatos. Los que nos hacen ir de cabeza son ellos, las tipas y los tipos que vienen a hacerse mimos. En mi opinión ellos también aprecian la intimidad, como los gatos.

Mientras hablaban salieron unos cuantos jóvenes de la espesura y aguardaron a ser llamados para embarcar; encandilados Paolos y Francescas que regresaban envueltos de un incandescente velo de amor de sus mundos sumergidos. Una de las chicas masticaba un chicle y hacía globitos como si fuera un camello en período de celo, pero tenía los ojos desmesuradamente abiertos y todavía amansados por el recuerdo del placer.

La isla del lago contrastaba con el abierto horizonte del resto del parque por su recogimiento. Sus orillas estaban protegidas de las miradas ajenas por una franja casi continua de setos. Sinuosos senderos de hierba recortada cruzaban a cada momento frondosos bosquecillos, que desembocaban de pronto en protegidos claros funerarios y convergían al final en un espacio central en que había una cabaña hecha de ramas, nueve hileras de judías (las cuales por un inteligente sistema de trasplante preservaban a perpetuidad su flor escarlata) y unas cuantas colmenas de juncos. El zumbido de las abejas se oía aquí como la dinamo de un motor, mientras que en el resto de la isla no era más que un suave murmullo casi indistinguible en la maraña de sonido.

Las tumbas más cercanas a las colmenas eran las más caras, aunque no lucieran más que las de otros sitios del parque; en simples plaquitas de bronce, invadidas por la hierba, estaban inscritos los más ilustres apellidos de la flor y nata de la vida comercial de Los Ángeles. Dennis asomó la cabeza al interior de la cabaña y reculó en el acto excusándose por haber molestado a sus ocupantes. Echó un vistazo al interior de las colmenas y en el fondo de cada una vio un diminuto ojo encarnado que indicaba que el aparato acústico funcionaba como era debido.

Hacía una tarde cálida; sin brisa que agitara las hojas de verde perenne; la paz descendía despacio, demasiado despacio para el gusto de Dennis.

Tomó por un camino lateral hasta llegar a un pequeño *cul-de-sac,* parcela reservada a las tumbas de la familia de un importarte frutero, según le informó un cartel. Los melocotones sin hueso, de Kaiser, lucían sus aterciopeladas y rosadas mejillas en los escaparates de todas las fruterías. La media hora radiofónica de Kaiser alegraba a diario con música de Wagner todos los hogares de la nación. Y en aquel suelo yacían ya dos Kaiser, la esposa y una tía. Y en él, cuando se cumpliera el plazo, yacería Kaiser en persona. Una *gunnera* sombreaba con su bajo ramaje el lugar. Dennis se tendió bajo su tupido follaje. Las colmenas, a distancia, resultaban casi verosímiles. La paz comenzó a descender a paso bastante más vivo.

Disponía de papel y lápiz en el bolsillo. Aquella no era la manera en que acostumbraba a escribir los poemas que le habían hecho famoso y llevado a tan peculiar situación. Sus poesías habían tomado forma durante gélidos viajes en tren durante la guerra..., bajo las redes de los portamaletas abarrotados de bártulos, las mortecinas bombillas iluminando regazos a docenas, los rostros imperceptibles, el humo de los cigarrillos mezclado con el vapor casi congelado de los alientos, las inexplicables paradas, las estaciones a oscuras y las calles también. Habían sido escritos en refugios de planchas de acero corrugado y en peladas colinas, a dos kilómetros de la pista de aterrizaje, si era una tarde de primavera, y en los bancos metálicos de los aviones de carga. Aquella no era la manera en que, en su día, iba a escribir lo que tenía que ser escrito; aquel no era el sitio en que el espíritu iba a ser apaciguado, el mismo que en aquel instante comenzaba a apremiarle menos con su misteriosa llamada. La hora y el calor de la tarde invitaban más al recuerdo que a la composición de algo nuevo. Por su mente pasaron lentamente viejos ritmos de las antologías.

Escribió:

Que se entierre al Caballero,
a la flor del cine popular.
Que se entierre al Caballero
y los productores se echen a llorar.

Y luego:

Dicen, Francis Hinley, dicen que en tu casa te ahorcaste,
que la lengua se te puso negra y los ojos te saltaron.
¡Ay! y yo te recuerdo riendo,
burlándote de Los Ángeles.
Y ahora en formaldehído te han metido y los ojos te han pintado
cual marica incorruptible, monigote que ni a fiambre sabe.

Miró distraídamente la fronda del ruibarbo. Los melocotones sin hueso. La metáfora idónea para Frank Hinsley. Dennis se acordó entonces de que una vez había querido comer uno de los anunciadísimos productos del señor Kaiser y descubrió que lo que se había llevado a la boca era una bola de dulzón y humedecido algodón. Pobre Frank Hinsley, en eso, más o menos, había terminado.

Era inútil que se empeñara en escribir. La voz de la

inspiración manteníase en silencio; la del deber, amortiguada. Ya llegaría la noche en que los hombres se pondrían a trabajar. Aquella era la hora de mirar los flamencos y de rumiar sobre la vida del señor Kaiser. Dennis atisbo para inspeccionar la letra de las mujeres de la familia. No parecían caracteres con fuerza. Kaiser no debía nada a las mujeres. El melocotón sin hueso era suyo y solo suyo.

Después oyó unos pasos que se acercaban y, sin necesidad de moverse, vio que eran de mujer. Pies, tobillos, pantorrillas fueron gradualmente apareciendo en su campo de visión. Esbeltas y cuidadosamente calzadas y revestidas de medias como era general en aquel país. ¿Qué debía de haber existido antes, en aquella extraña civilización, el zapato o el pie, la pierna o la media de nailon? ¿O es que la elegancia en serie de aquel tipo de pierna podía comprarse envuelta en celofán en cualquier supermercado del barrio? ¿No sería que gracias a unos de estos automáticos inventos, diseñados a propósito para ahorrarse esfuerzos, se colgaban en un abrir y cerrar de ojos de las intimidades de goma de la parte superior? ¿Se adquirirían en el mismo mostrador que la ligera e inextricable cabeza de plástico? ¿O salía todo entero de la fábrica listo para el consumo?

Dennis esperó sin moverse y la chica se paró a menos de un metro de donde estaba él, se arrodilló bajo la misma rama y se disponía a tenderse a su lado cuando dijo:

–¡Oh!

Dennis se incorporó y al darse la vuelta descubrió que era la chica de la funeraria. Se había calado unas enormes gafas de sol violetas, de forma elíptica, que se apresuró a quitarse para verlo mejor y reconocerlo.

–¡Oh! –volvió a decir–. Perdón. ¿Pero no es usted el amigo del estrangulado ser querido de la Sala de la Orquídea? Tengo muy mala memoria para los rostros de los vivos. Qué susto. No esperaba encontrar a nadie en este rincón.

–¿He ocupado su sitio?

–En realidad no. Quiero decir que este es el sitio del señor Kaiser, no es el mío ni el suyo. Pero normalmente, a esta hora del día, está desierto y yo acostumbro a venir después del trabajo, y por eso comenzaba a considerarlo como de mi propiedad. Cambiaré.

–De ninguna manera. Me iré yo. Vine solo a escribir una poesía.

–¿Una poesía?

Por lo visto acababa de decir algo importante. Hasta entonces ella le había tratado con la característica cordialidad impersonal e insensitiva que en aquel país de descarriados se consideraba como buenos modales. Pero entonces se le abrieron los ojos.

–Sí. Soy poeta.

–¡Vaya! ¡Me parece estupendo! En mi vida había visto un poeta de carne y hueso. ¿Conoció a Sophie Dalmeyer Krump?

–No.

–Ahora está en el Rincón de los Poetas. Llegó cuando yo no hacía ni un mes que trabajaba aquí y todavía era aprendiza, por eso no me dejaron que la tocara. Además falleció en un accidente de automóvil y requirió un tratamiento especial. Pero yo aproveché la oportunidad de estudiarla con detenimiento. Poseía un alma muy marcada. Puede decirse que aprendí lo que era el alma estudiando la de Sophie Dalmeyer Krump. A partir de entonces, cuando se requiere un tratamiento con un alma especial, el señor Joyboy me lo confía a mí.

–¿Trabajaría usted en mí si falleciera?

–Usted sería un caso difícil –dijo ella escudriñándolo con ojo profesional–. No está en la edad del alma. Para eso hay que ser o muy niño o muy viejo. Pero le prometo que lo haría lo mejor posible. Me parece verdaderamente maravilloso ser poeta.

–Pero su trabajo también es muy poético.

Él lo dijo sin pensar, en broma, pero ella le replicó con suma gravedad.

–Sí, ya lo sé. Ya lo sé, ya. Solo a veces, cuando termina el día y estoy cansada, siento que todo esto es terriblemente efímero. Me refiero a que si usted o Sophie Dalmeyer Krump componen una poesía y esta aparece publicada y la leen, no sé, en la radio a millones de oyentes, quizá la continúen leyendo dentro de cien años. Mientras que mi trabajo es arrojado al fuego al cabo de unas horas. En el mejor de los casos es colocado en el mausoleo pero no tarda en deteriorarse, sabe usted. Yo allí he visto pinturas que a los diez años ya habían perdido color. ¿Le parece a usted que algo tan perecedero puede llegar a ser gran arte?

–¿Por qué no se lo toma como si fuera teatro, o canto o como si tocara un instrumento de música?

–Sí, ya lo hago. Pero hoy en día pueden grabarlo permanentemente en un disco. ¿O no?

–¿En esas cosas piensa cuando viene aquí sola?

–Últimamente sí. Al principio me tumbaba y pensaba en la suerte que había tenido al poder entrar aquí.

–¿Y ahora ha cambiado de parecer?

–No, lo continúo pensando, por descontado. Todas las mañanas y durante todo el día mientras trabajo. Solamente al caer la tarde me da por pensar de otra manera. Muchos artistas son así. Me imagino que a los poetas también les ocurre, ¿verdad?

–Me gustaría que me contara más cosas de su oficio –dijo Dennis.

–Ya lo vio ayer.

–Bueno, pues sobre usted y su trabajo. ¿Por qué se decidió a hacer eso? ¿Dónde lo aprendió? ¿Le interesaba ya este tipo de cosas cuando era niña? Me interesa mucho, de verdad.

–Siempre he tenido un temperamento artístico –dijo ella–. En la universidad escogí la asignatura de Arte como complementaria durante el segundo semestre. De no haberse arruinado papá con la religión lo hubiera estudiado como asignatura principal, pero tuve que aprender un oficio.

–¿Se arruinó con la religión?

–Sí, con el Evangelio de los Cuatro Cuadrados. Por eso me llamo Aimée, como Aimée Macpherson. Cuando se arruinó, papá hubiera querido cambiarme el nombre. Yo también quería cambiar pero no hubo forma de quitármelo de encima. Mi madre se olvidaba siempre de cuál era el nuevo nombre y entonces me ponía otro. Es que, verá, si cambias de nombre una vez, ya no hay motivo para no cambiarlo cien veces. Oyes otros que te parece que suenan mejor. Además mi pobre madre era alcohólica. Pero, en fin, entre nombre y nombre siempre volvíamos al de Aimée y finalmente Aimée ganó.

–¿Qué más estudió en el colegio?

–Psicología y chino. Con el chino no avancé mucho. Pero, bueno, eran las asignaturas complementarias; de cultura.

–Ya. ¿Y qué estudió como asignatura principal?

–Embellecimiento.

–Oh.

–Ya sabe..., permanentes, maquillajes faciales, tipos de rostros, el tipo de cosa que se encuentra en los salones de belleza. Solo que desde una perspectiva histórica y teórica. Yo hice la tesis sobre «Los peinados en Oriente». Por eso hice chino. Pensé que sería una ayuda, pero me equivoqué. De todos modos saqué el diploma con mención especial en psicología y arte.

–¿Y mientras estudiaba psicología, arte y chino ya pensaba dedicarse a la funeraria?

–De ninguna manera. ¿Le interesa realmente saber cómo fue? Se lo contaré porque fue una historia bastante poética. Verá, yo me licencié en el año cuarenta y tres y muchas chicas de la clase se fueron a trabajar en cosas relacionadas con la guerra, pero yo no, no me interesaba en absoluto. No es que sea antipatriota. Es que las guerras no me interesan y punto. Ahora está bien visto ser así. Pues yo ya lo era en el cuarenta y tres. En fin, yo tomé un empleo en el Beverly-Waldorf, en el salón de belleza, pero resultó que ni allí podías olvidarte de la dichosa guerra. Las señoras no pensaban en otra cosa que en bombardeos. Había una peor que todas las demás juntas; se llamaba señora Komstock. Aparecía todos los sábados por la mañana a ponerse azul en el pelo y a marcarse, y se encaprichó conmigo; quería que lo hiciera siempre yo; no confiaba en nadie más, pero de propina solo me daba un cuarto de dólar. La señora Komstock tenía un hijo en Washington y otro en Delhi, una nieta en Italia y un sobrino muy metido en publicidad y yo tenía que escucharla hablar de todos ellos cada sábado por la mañana hasta que temí ese día más que cualquier otro de la semana. Luego, al poco tiempo, la señora Komstock cayó enferma, pero ni así me pude librar de ella. Todas las semanas mandaba llamarme a que fuera a arreglarle el pelo a su casa y ella dale con el cuarto de propina, ni un centavo más, y dale con la manía de la guerra, solo que comenzaba a desbarrar. Hasta que imagínese mi sorpresa el día que se me acerca el señor Jebb, el jefe, y me dice: «Señorita Thanatogenos, he de pedirle una cosa y casi no me atrevo a hacerlo. No sé qué pensará de ello, el caso es que la señora Komstock acaba de morir y ha llegado su hijo de Washington y tiene un gran interés en que peine a la señora Komstock como acostumbraba a hacerlo en vida. Por lo visto no existen fotografías recientes y en el Claro de los Susurros no conocen este estilo de peinado y el coronel Komstock es incapaz de describirlo con suficiente exactitud. De modo que, verá usted, señorita Thanatogenos, a mí se me ha ocurrido pedirle si no le importaría demasiado hacerle este favor al coronel Komstock y personarse en el Claro de los Susurros para peinar a la señora Komstock tal como la recuerda el coronel.»

»Bueno, me quedé que no supe qué pensar. En mi vida había visto una persona muerta porque papá abandonó a mi madre antes de morirse, suponiendo que haya muerto, que no lo sé, y mi madre se fue al Este a buscarlo cuando yo entré en la universidad, y falleció, allí. Y yo no había puesto los pies en el Claro de los Susurros porque después de arruinarnos, mi madre se hizo del Nuevo Pensamiento y no admitía la existencia de la muerte. Imagínese mis nervios la primera vez que vine aquí. Y luego todo resultó ser muy diferente de lo que yo me había figurado. En fin, usted ya lo ha visto y ya lo sabe. El coronel Komstock me estrechó la mano y dijo: "Joven, es una buena y noble acción la que usted está haciendo", y me dio cincuenta dólares.

»Luego me acompañaron a las salas de embalsamamiento y vi a la señora Komstock tendida sobre una mesa vestida de novia. En mi vida podré olvidar lo que vi. Estaba transfigurada. Esta es la palabra. Desde aquel día han sido incontables las ocasiones en que he tenido el gusto de enseñar a la gente sus seres queridos y más de la mitad me ha dicho: "Pero si están transfigurados." Por descontado que a ella todavía no le habían aplicado color y tenía el pelo desgreñado; estaba blanca como la cera, fría y silenciosa. Al principio me costó tocarla. Luego le lavé el pelo, se lo azulé y marqué como acostumbraba a llevarlo, todo rizado y abombado por los sitios que le escaseaba. Después, mientras estaba en el secador, la maquilladora le aplicó el color. Dejó que mirara cómo lo hacía y me dijo que había una plaza libre de aprendiza de maquilladora, y yo sin pensármelo dos veces, vuelvo y le digo al señor Jebb que dejo el trabajo. De eso hace casi dos años y no me he movido de aquí.

–¿Y no se arrepiente?

–No, nunca, ni pensarlo. Lo que le acabo de decir sobre el trabajo efímero es algo que todos los artistas piensan de vez en cuando respecto a su trabajo, ¿no cree? ¿No le ocurre a veces a usted?

–¿Y cobrará más que en el salón de belleza, espero?

–Sí, un poco más. Pero los seres queridos no pueden

dar propinas, de modo que resulta casi lo mismo. Pero yo no lo hago por el dinero. Yo de buena gana lo haría por nada, solo que una tiene que comer y que el Soñador da mucha importancia a que nos vistamos y acicalemos bien. Durante este año pasado le he tomado real afición al trabajo. Antes solo me satisfacía la idea de hacer un servicio a alguien que no podía hablar. Más tarde comencé a caer en la cuenta de lo consolador que es para los demás. Es maravilloso comenzar el día sabiendo que vas a dar una alegría a un alma en pena. Por descontado que mi trabajo es una parte mínima del total. Yo me limito a echarles una mano a los especialistas, pero a mí me corresponde ser la que muestra el producto acabado a los clientes y ver su reacción. Como ayer vi la suya. Usted es inglés y poco expresivo, pero me percaté perfectamente de sus sentimientos.

–Es innegable que sir Francis ha quedado transfigurado.

–Debo a la llegada del señor Joyboy que me haya dado perfecta cuenta de la clase de sitio que es el Claro de los Susurros. El señor Joyboy es una especie de santo. Desde el día en que llegó el tono general de la funeraria se ha elevado muchísimo. Nunca olvidaré el tono con que una mañana el señor Joyboy dijo a uno de los más jóvenes del equipo: «Señor Parks, le ruego que tenga en cuenta que aquí no estamos en el Más Dichoso de los Cotos de Caza.»

Dennis fingió no reconocer el nombre, pero no pudo evitar sentir una hipodérmica punzada de agradecimiento por el hecho de que, unos momentos antes, al conocerse, hubiese resistido a la tentación de intentar crear un vínculo con ella mencionándole como de pasada a lo que se dedicaba en aquellos momentos. Hubiera sido muy contraproducente. Se limitó a mirar con rostro impávido a Aimée y ella dijo:

–Me imagino que no sabe de qué se trata. Es un sitio espantoso en que entierran animales.

–¿No es poético?

–No he estado nunca pero me han hablado de él. Tratan de imitarnos. Me parece una blasfemia.

–¿Y en qué piensa cuando viene aquí sola por las tardes?

–En la muerte y en el arte –contestó con simplicidad Aimée Thanatogenos.

–Medio enamorada del sosiego de la muerte.

–¿Cómo ha dicho?

–Citaba una poesía.

... A menudo
Me he medio enamorado del sosiego de la muerte,
en melancólicos versos la he llamado dulcemente
para que se llevara al aire mi quedo aliento;
ahora más que nunca pienso que es un don morir,
acabar a medianoche sin sufrimiento...

–¿Lo ha escrito usted?

Dennis vaciló.

–¿Le ha gustado?

–¡Es muy hermoso! Es exactamente lo que he pensado muchas veces sin poderlo expresar en palabras. «Es un don morir» y «acabar a medianoche sin sufrimiento». Es precisamente la razón de existir del Claro de los Susurros, ¿no cree? Me parece maravilloso saber escribir estas cosas. ¿Lo ha escrito después de visitarnos?

–Fue escrito hace mucho tiempo.

–En fin, es igual, no hubiera quedado mejor de haberlo escrito en el Claro de los Susurros..., en la misma Isla del Lago. ¿Se parece a lo que estaba escribiendo cuando llegué yo?

–No exactamente.

Desde la otra orilla, el carillón del campanario dio la hora de manera muy musical.

–Las seis. Hoy he de irme temprano.

–Y yo tengo que acabar una poesía.

–¿Se queda a terminarla?

–No. Lo haré en casa. La acompaño.

–Me encantaría leerla cuando esté acabada.

–Se la mandaré.

–Me llamo Aimée Thanatogenos. Vivo muy cerca de aquí, pero envíemela al Claro de los Susurros. Es mi auténtico hogar.

Cuando llegaron al transbordador, el barquero miró a Dennis con complicidad.

–Conque por fin se presentó, ¿eh, tú? –dijo.

Profesionalmente, el señor Joyboy era un hombre que hacía gala de una gran desenvoltura. Se quitó los guantes de goma como un guerrero de Oujda de regreso de las caballerizas, los arrojó a un cuenco en forma de riñón y se puso el limpio par que su ayudante le tendía. Luego cogió una tarjeta de visita, una en blanco de las que usaba la florista de abajo, y unas tijeras de cirujano. Sin desperdiciar ni un gesto, cortó una elipse, después recortó en medio centímetro las puntas del eje más largo. Se inclinó sobre el cadáver, tocó la mandíbula y la encontró anquilosada; apartó los labios y metió la tarjeta entre los dientes y las encías. Había llegado el momento clave; su ayudante miró con incondicional admiración la destreza con que el dedo pulgar doblaba las esquinas superiores de la tarjeta, la caricia con que las puntas de goma de los dedos volvían a colocar en su sitio los labios secos e incoloros. Y, ¡oh maravilla! En vez de la siniestra línea de resignación de hacía unos momentos, había ahora una sonrisa. Era una obra maestra. No se requería ni un solo retoque. El señor Joyboy retrocedió unos pasos para contemplar su obra, se quitó los guantes y dijo:

–Para la señorita Thanatogenos.

En las últimas semanas, las expresiones que desde el carrito de ruedas saludaban a Aimée habían pasado de serenas a exultantes. Las otras chicas tenían que trabajar con rostros serios, resignados o meramente vacuos; los de Aimée tenían todos una simpática y alegre sonrisa.

No es de extrañar que en las salas de cosmética, donde las horas de trabajo del personal entero eran iluminadas por el amor hacia el señor Joyboy, semejantes atenciones fueran vistas con muy mal humor. Por las noches, todas tenían su correspondiente novio o pretendiente; ninguna aspiraba seriamente a convertirse en la amiga del señor Joyboy. Cuando llegaba él, como todo buen profesor con sus estudiantes, soltando ora una palabrita de advertencia, ora una de encomio, poniendo de vez en cuando la mano sobre un hombro vivo o una cadera muerta, lo adoraban todas, era el Príncipe Azul, ninguna hubiera osado no tomar parte en su culto, pero sin que se les ocurriera pensar en él como posible premio.

Y Aimée tampoco se sentía muy cómoda en aquella situación de privilegiada. Sobre todo aquella mañana no disimuló su reacción al ver la sonrisa con que la saludaba el cadáver, porque acababa de tomar una medida que estaba segura no sería del agrado del señor Joyboy.

Corría por aquellas latitudes un director espiritual, un oráculo, famoso por la columna que redactaba a diario en uno de los periódicos locales. Antaño, en tiempos de mayor devoción familiar, se había titulado *El Correo de la Tía Lydia;* actualmente era *La sabiduría del Guru Brahmin,* y contaba con la decorativa fotografía de un santón barbudo y casi en cueros. A pesar de su exotismo, no vacilaban en acudir a él muchos de los que tenían dudas o penas.

Hubiérase podido creer que, en aquella punta del Nuevo Continente, la cordialidad sin ceremonias y la franqueza de expresión bastaban para disipar todas las dudas; que su generalizado buen humor barría todas las penas. Pero no: la etiqueta, la psicología infantil, la estética y el sexo asomaban también en aquel edén las cabezas; por eso el Guru Brahmin se prestaba a ofrecer consuelo y a sugerir soluciones a sus lectores.

A él había escrito Aimée hacía cierto tiempo, cuando ya no le fue posible abrigar más dudas sobre el significado de las sonrisas. Su problema no eran las intenciones del señor Joyboy, sino las suyas. La respuesta no había sido del todo satisfactoria: «No, A. T., en mi opinión tú no estás enamorada... por ahora. La estima hacia el carácter de un hombre y la admiración por su destreza profesional pueden ser una base muy buena en que asentar la amistad pero no constituyen amor. Lo que nos dices de tus sentimientos cuando te encuentras ante su presencia no nos induce a creer que exista afinidad física entre vosotros dos..., aún no. Pero ten en cuenta que en muchos casos el amor llega tarde. Sabemos de casos que solo han sentido el amor auténtico al cabo de varios años de matrimonio y de la llegada del primogénito. Continúa viendo con frecuencia a tu amigo. Puede que brote el amor.»

Esto fue antes de que Dennis Barlow aumentara el desconcierto de su conciencia. Habían pasado seis semanas desde aquel primer encuentro en la Isla del Lago, y aquella mañana, camino del trabajo, había echado al buzón una carta cuya redacción le había costado media noche de insomnio. Era la carta más larga de su vida:

«Querido Guru Brahmin:

»No sé si se acordará de que ya le escribí pidiendo consejo el pasado mes de mayo. Esta vez le envío un sobre con dirección y sello para que me conteste en privado ya que las cosas que voy a decirle no son del tipo que me gustaría ver mencionadas en el periódico. Le ruego que me conteste a vuelta de correo o lo más pronto que pueda porque estoy en un serio apuro y debo solucionarlo muy pronto.

»Por si no se acuerda de quién soy, paso a recordarle que trabajo junto a un hombre que es el jefe de mi departamento y que considero por muchas razones el ser más maravilloso que imaginarse pueda. Considero un gran privilegio disfrutar de la proximidad de persona tan diestra en su oficio, tan refinada, de un jefe con dotes naturales para serlo, de un artista y un dechado de buenos modales. De muchas formas aparentemente insignificantes este hombre me ha dado a entender que me prefiere a mí a todas las demás chicas, y aunque todavía no me ha dicho nada al respecto, porque no es de los que actúan a la ligera, estoy segura de que me ama y que sus intenciones son honorables. Pero yo, cuando estoy a su lado, no siento lo que las otras chicas dicen sentir cuando están con sus novios ni lo que se ve en las películas.

»En cambio abrigo la sospecha de que estas cosas las siento con otro que no posee un carácter tan admirable, ni mucho menos. Para empezar es inglés y por lo tanto no muy americano en numerosos aspectos. No me refiero solo a su acento y a la manera en que come, sino que demuestra ser cínico sobre cosas que deberían tomarse como sagradas. Sospecho que no profesa ninguna religión. Yo tampoco profeso ninguna porque en la universidad fui una de las estudiantes progresistas y en lo que se refiere a la religión tuve una niñez muy desafortunada, pero soy muy moral. (Aprovechando la naturaleza confidencial de la presente añadiré que mi madre era alcohólica y que seguramente esta es la razón por la que yo soy más sensible y reservada que la mayoría de las chicas de mi edad.) Este hombre tampoco tiene noción de los deberes y responsabilidades cívicas y carece de conciencia social. Es poeta y en Inglaterra le publicaron un libro que fue muy aplaudido por los críticos de aquel país. He visto el libro y algunas de las reseñas, por lo que no abrigo dudas de que ello sea verdad, pero le encuentro muy misterioso en lo referente a lo que hace aquí. A veces habla como si trabajara en el cine y a veces como si no hiciera otra cosa que escribir poesías. He visto su casa. Vive solo porque el amigo (hombre) con quien vivía falleció hace seis semanas. No creo que salga con otras chicas y no está casado. Dinero tiene poco. Es muy distinguido aunque en un estilo muy poco americano y resulta divertido cuando no es irreverente. Por ejemplo, con las obras de arte del Parque Rememorativo del Claro de los Susurros, a mi modo de ver el epítome de los mejores aspectos del estilo de vida americano, es con frecuencia irreverente. ¿Qué esperanzas existen entonces de alcanzar la auténtica felicidad con él?

»Además carece de cultura. Al principio me imaginé lo contrario, visto que era poeta, que había estado en Europa y conocido sus obras de arte, pero he descubierto que la mayoría de nuestros más grandes artistas no significan absolutamente nada para él.

»A veces es muy tierno y cariñoso, pero de pronto tiene un arranque de inmoralidad y me lo contagia a mí. Necesito su consejo con urgencia. Con la esperanza de no haberme excedido escribiendo una carta tan larga, se despide de usted cordialmente

Aimée Thanatogenos.

»Me ha escrito muchas poesías, algunas muy bellas y morales, otras no tanto.»

El hecho de que la carta estuviera en correos pesaba bastante en la conciencia de Aimée y se alegró mucho al llegar el final de la mañana sin recibir más señales de vida por parte del señor Joyboy que la acostumbrada sonrisa de bienvenida desde el carrito. Pasó la mañana muy ocupada en sus pinturas mientras Dennis Barlow trabajaba también de lo lindo en el Más Dichoso de los Cotos de Caza.

Tenían funcionando los dos hornos, y seis perros, un gato y una cabra marroquí que eliminar. No estaba presente ninguno de los propietarios. Él y el señor Schultz trabajaban deprisa, sin estorbos. El gato y los perros representaban veinte minutos de trabajo. Con un rastrillo Dennis sacó las cenizas todavía calientes y las puso dentro de unos baldes etiquetados. La cabra les ocupó casi una hora. Dennis la fue mirando de vez en cuando por el cristal y finalmente machacó el cráneo y los cuernos con un palo hasta hacerlos polvo. Luego apagó el gas, dejó abiertas las puertas de los hornos y se dispuso a preparar los contenedores. Solo uno de los propietarios se había avenido a comprar una urna.

–Yo me largo –dijo el señor Schultz–. ¿Le importa esperar a que se enfríen lo suficiente para empaquetarlos? Hay que llevarlos a casa, salvo la gata. Está destinada al columbario.

–De acuerdo, señor Schultz. ¿Qué hacemos con el recordatorio de la cabra? No podemos poner que está en el cielo moviendo la cola de alegría, porque las cabras no acostumbran a menear la cola.

–La menean cuando van a orinar.

–Bueno, pero no queda bien en un recordatorio. Son animales que no ronronean como los gatos. No cantan ni trinan como los pájaros.

–Entonces hay que limitarse al recuerdo.

Dennis escribió: *Su Billy le recuerda en el cielo esta noche.*

Removió los humeantes montoncitos grises del fondo de los baldes. Después volvió a meterse en su despacho y reanudó la lectura de *La antología de Oxford de poesía inglesa* en busca de un poema para Aimée.

No tenía muchos libros y comenzaba a agotar el material. Al principio había tratado de escribir las poesías él, pero ella había mostrado una clara preferencia hacia los antiguos maestros. Además, la Musa no le dejaba en paz. Había tenido que abandonar el poema comenzado, mucho tiempo atrás, le parecía a él, en vida de Frank Hinsley. Porque en él no había nada relacionado con las exigencias de la Musa. Ella quería algo acerca del Claro de los Susurros, pero ni siquiera era, salvo muy indirectamente, sobre Aimée. Tarde o temprano tendría que hacer algo para contentarla. Ella antes que nadie. Y mientras tanto Aimée tenía que ser alimentada del bote de las antologías. Una vez ella estuvo a punto de descubrir la verdad al observar que la poesía *Compararte habré con un día de estío* le recordaba un poema que había aprendido en la escuela, y otro día estuvo a punto de caer en desgracia al objetar ella los versos de *Tendido en tu lecho de medianoche* por inmorales. En cambio, *Ora cae dormida la flor encamada, ora la blanca* había dado en el blanco, pero no conocía muchos poemas como este, tan elevados, inspirados y voluptuosos. Los poetas ingleses no eran los guías más idóneos para el laberíntico amor cortés que se estilaba en California..., casi todos resultaban excesivamente prosaicos, demasiado pesimistas, demasiado ceremoniosos, o excesivamente precisos: acostumbraban a regañar, a suplicar, a exaltar. Lo que Dennis requería era venderse; buscaba la forma de ofrecer a Aimée una imagen irresistible no tanto de las cualidades de ella, ni de las suyas, como de las increíbles delicias que él era capaz de darle. Era lo que se conseguía en las películas; lo que hacían admirablemente los cantantes populares; pero no, por lo visto, los poetas ingleses.

A la media hora se cansó de buscar. Los dos primeros perros ya estaban listos para ser empaquetados. Sacudió la cabra, las brasas aún encendidas bajo la capa gris y blanca. Aimée se iba a quedar sin poema. Como compensación la llevaría al Planetario.

Los embalsamadores comían igual que el resto del personal de la funeraria, pero lo hacían separadamente en una mesa del centro en que, según una tradición, que, por reciente, no era menos sagrada, se echaban los dados de un cubilete de alambre y, el que perdía, pagaba la cuenta de todos. El señor Joyboy jugó, perdió y pagó tan contento. Al final del mes todos habían empatado sobre poco más o menos. El atractivo juego consistía en demostrar que eran hombres a quienes unos diez o veinte dólares al final de la semana les traían sin cuidado.

Junto a la puerta de la cantina, esperaba el señor Joyboy con un caramelo digestivo en la boca. Las chicas salían solas o en pares encendiendo cigarrillos; entre ellas, sola, Aimée, que no fumaba. El señor Joyboy se la llevó lejos del resto hacia el jardín francés. Se detuvieron al pie de una escultura alegórica que representaba «El enigma de la existencia.»

–Señorita Thanatogenos –dijo el señor Joyboy–. Quiero que sepa lo mucho que aprecio su trabajo.

–Gracias, señor Joyboy.

–Se lo mencioné ayer al Soñador.

–Muchas gracias, señor Joyboy.

–Señorita Thanatogenos, hace tiempo que el Soñador está pensando en mejorar el servicio. Ya sabe que él siempre piensa en eso. Es un hombre de una imaginación que no tiene límites. Ahora piensa que ha llegado la hora de que las mujeres ocupen el lugar que les corresponde en el Claro de los Susurros. Trabajando en tareas inferiores han demostrado que son dignas de las superiores. Es más, él cree que existen personas de una delicadeza y sensibilidad que les impide cumplir con su deber hacia los seres queridos por una suerte de, digamos, mojigatería, pero que el doctor Kenworthy ve como una resistencia muy natural a permitir que sus seres queridos se encuentren en una situación de alguna manera impúdica. En pocas palabras, señorita Thanatogenos, el Soñador tiene la intención de enseñar a una mujer el oficio de embalsamamiento y la elección ha recaído, muy, pero que muy sabiamente, en usted.

–¡Oh, señor Joyboy!

–No necesita decir nada. Ya sé lo que siente. ¿Me permite que le transmita su consentimiento?

–¡Oh, señor Joyboy!

–Y ahora permítame tocar una nota más personal. ¿No cree que la noticia debe ser celebrada? ¿Me hará el honor de cenar esta noche conmigo?

–Oh, señor Joyboy, no sé qué contestar. Tengo una especie de compromiso.

–Esto era antes de que le diera la gran noticia. Ahora las cosas han tomado otro color, si me permite decirlo. Además, señorita Thanatogenos, mi intención no era, ni mucho menos, cenar a solas con usted. Yo la invito a mi casa. Señorita Thanatogenos, considero que tengo el derecho a aspirar al grandísimo privilegio de presentar a la primera mujer embalsamadora del Claro de los Susurros a mi madre.

Fue un día de emociones fuertes. Aimée no logró concentrarse en el trabajo entrada la tarde. Afortunadamente no hubo nada importante que hacer. Ayudó a la chica del cubículo vecino a pegar un *toupé* sobre un cuero cabelludo más resbaladizo de lo normal; repasó un bebé del sexo masculino con pintura de color de carne; pero sin dejar de pensar ni un instante en la sala de los embalsamadores, con el oído atento a los silbidos y chapoteos de los grifos, a las idas y venidas de los empleados que traían y llevaban los cuencos en forma de riñón, a las órdenes en voz baja cuando necesitaban hilo o ligamento. Jamás había puesto los pies al otro lado de la cortina de hule que guardaba la entrada a las salas de embalsamamiento; ¡y pensar que muy pronto las tendría todas a su disposición...!

A las cuatro, la maquilladora jefe le mandó que guardara las cosas. Ella ordenó los frascos y las pinturas con su meticulosidad habitual, enjuagó los pinceles y fue al vestuario a cambiarse.

Tenía que encontrarse con Dennis a orillas del lago. Él la hizo esperar y cuando por fin llegó aceptó la noticia de que se iba a cenar con irritante compostura.

–¿Con el *Joyboy?* –dijo–. Será divertido.[1]

Pero ella estaba tan excitada con la noticia de aquella tarde que no pudo aguantarse las ganas de comunicársela.

–Vaya –dijo él–, no está nada mal. ¿Y cuánto dinero representa?

–No lo sé. No se me ocurrió preguntarlo.

–Pues será una bonita cantidad, a la fuerza. Unos cien semanales, ¿no crees?

–Oh, no creo que nadie fuera del señor Joyboy gane tanto.

–Bueno. Cincuenta seguro. Cincuenta no está mal. Nos podremos casar con esto.

1. *Joyboy:* Literalmente «chico alegre». De ahí la broma de Dennis.

Aimée se paró en seco y se lo quedó mirando.

–¿Qué has dicho?

–Que nos podremos casar, ¿no lo comprendes? Porque no va a ser menos de cincuenta, ya lo verás.

–¿Y se puede saber qué te hace pensar que yo me vaya a casar contigo?

–Pues porque, cariño, si no te lo he pedido antes ha sido por falta de dinero. Ahora podrás mantenerme tú, nada nos lo impide.

–Un americano se moriría de vergüenza si le mantuviera su mujer.

–Ya, bueno, pero yo soy europeo. En las civilizaciones más antiguas no tenemos esta clase de prejuicios. No diré que cincuenta sea mucho, pero estoy dispuesto a privarme de algunas cosas.

–Me pareces totalmente despreciable.

–No seas zoquete. Vamos, no te habrás enfadado de verdad, ¿eh?

Aimée estaba verdaderamente furiosa. Se marchó sin despedirse y aquella misma tarde, antes de prepararse para irse a cenar, garrapateó precipitadamente unas líneas al Guru Brahmin: *No hace falta que se tome la molestia de contestar a mi carta de esta mañana. Ya he decidido lo que tengo que hacer,* y franqueó la nota como urgente dirigiéndola a la oficina del periódico.

Con mano firme Aimée cumplió con los ritos prescritos para toda muchacha americana que se dispone a salir con su novio..., se humedeció los sobacos con una loción para sellar las glándulas del sudor, hizo gárgaras con otra destinada a dulcificarle el aliento, y se cepilló el pelo impregnándolo de unas gotas muy olorosas que provenían de un frasco cuya etiqueta rezaba así: «Poción de la jungla». *Sacada de las profundidades de la ciénaga empestada de fiebre* –aseguraba el anuncio del producto–, *en que los tambores de los juju claman humanos sacrificios,* La Poción de la Jungla *es la última creación de Jeanette y llega a ti con la despiadada astucia del cazador caníbal.*

Preparada, pues, para pasar una velada en familia, tranquila ya su conciencia, Aimée aguardó tras la puerta de su casa a oír el musical «¡Hola, aquí estoy!» del señor Joyboy. Iba muy dispuesta a no sublevarse contra el destino.

Pero la velada no resultó exactamente como ella se había imaginado. Su estilo dejó mucho que desear, en relación con lo que ella había esperado. La muchacha acostumbraba a salir poquísimo, casi nunca, y quizá por eso se había hecho una idea desmesurada de lo que iba a ser.

Se había hecho a la idea de que el señor Joyboy era todo un personaje en su profesión, contribuyente regular a *El Ataúd,* íntimo amigo del doctor Kenworthy, el único sol que brillaba en la funeraria. Se había contenido el aliento cientos de veces para repasar con pintura bermeja las inimitables curvas de su trabajo a mano. Sabía que era miembro del Rotary Club y Caballero de Pitias; su ropa y su automóvil eran impecablemente nuevos, por lo que ella había supuesto que su vida privada consistía en un mundo muy por encima de todo lo que ella había conocido. Pero no era así.

Bajaron un trecho bastante largo por el boulevard de Santa Mónica y luego lo abandonaron para adentrarse en una urbanización. El barrio no prometía demasiado, más bien daba la impresión de haber sufrido un revés. Muchas de las parcelas estaban vacías, las ocupadas ya habían perdido la frescura de lo nuevo, y el chalet de madera ante el que se detuvieron no tenía mejor aspecto que los otros. Lo cierto es que los de las funerarias, por eminentes que sean, no cobran como las estrellas de cine. Además, el señor Joyboy era una persona prudente. Ahorraba y pagaba un seguro. Su ambición era causar una buena impresión ante el mundo. Cuando llegara el día, tendría esposa e hijos. Mientras tanto, lo que se gastaba para no lucir, lo que se gastaba en su mamá, era dinero tirado inútilmente.

–No sé por qué nunca encuentro el momento de arreglar el jardín –dijo el señor Joyboy vagamente consciente de cierta implícita crítica adversa en la mirada de Aimée–. Esta casita la compré precipitadamente para mamá cuando vinimos al Oeste.

Abrió la puerta principal, retrocedió para dejar pasar a Aimée y luego a sus espaldas gorjeó al estilo tirolés:

–¡Yuhuu, mamá! ¡Hemos llegado!

La casita resonaba con la voz prepotente de un varón. El señor Joyboy abrió la puerta e invitó a Aimée a que se adentrara al sitio del que emanaba un molesto ruido, una radio sobre una mesa colocada en el centro de una sala de estar de lo más vulgar. La señora Joyboy estaba sentada con el oído pegado a ella.

–Siéntese y no haga ruido –dijo la mujer– hasta que no haya terminado.

El señor Joyboy hizo un guiño a Aimée.

–Mamá odia no poder oír los comentarios de política –dijo.

–Silencio –repitió la señora Joyboy con furia.

Permanecieron en silencio diez minutos hasta que el estridente chorro de falsedades dio paso a otra voz más suave que se apresuró a aconsejarles el uso de una determinada marca de papel higiénico.

–Apágala –dijo la señora Joyboy–. En fin, dice que este año volverá a haber guerra.

–Te presento a Aimée Thanatogenos, mamá.

–Muy bien. La cena está en la cocina. Ve a por ella cuando te apetezca.

–¿Tienes hambre, Aimée?

–No, sí. Bueno, un poco.

–Vamos a ver qué sorpresa nos ha cocinado hoy la señora.

–Lo de siempre –dijo la señora Joyboy–. No tengo tiempo de dar sorpresas.

La señora Joyboy se dio la vuelta sin levantarse de la silla hacia un objeto que estaba junto a su otro codo extrañamente recubierto de un velo. Tiró del borde de un chal, descubrió una jaula de alambre, y en ella un loro casi totalmente desplumado.

–Sambo –dijo ella seductoramente–. Sambo.

El pájaro ladeó la cabeza y guiñó los ojos.

–Sambo –repitió ella–. ¿No me dices nada?

–Pero, mamá, si sabes que hace años que ya no habla.

–No para de hablar cuando tú no estás en casa. ¿Verdad, Sambo?

El pájaro ladeó la cabeza del otro lado, guiñó los ojos y de pronto pitó como un tren.

–¿Ves? Si no tuviera el amor de Sambo, más me valdría morirme.

Cenaron sopa de fideos enlatada, ensalada mezclada con trozos de carne y fideos también de lata, helado y café. Aimée ayudó a transportar las bandejas. Aimée y el señor Joyboy quitaron las cosas de la mesa y pusieron mantel y cubiertos. La señora Joyboy los observó con expresión malévola sin moverse de la silla. Las madres de los grandes hombres acostumbran a desconcertar a las admiradoras de sus hijos. La señora Joyboy tenía los ojos pequeños y coléricos, el pelo rizado, llevaba un *pince-nez* sujeto a una nariz bastante gruesa, los cabellos despeinados, e iba vestida de modo absolutamente insultante.

–Normalmente no vivimos así, ni tampoco en sitios como este –dijo ella–. Somos del Este, y de haberme hecho caso, viviríamos allí. En Vermont teníamos una muchacha de color que venía a diario a hacer el trabajo de la casa... por quince dólares y tan contenta. Aquí eso no se encuentra. Aquí no hay nada de nada. Fíjate en esta lechuga. En el sitio donde nosotros nacimos hay más cosas, mejores y más baratas. Y no es que nadáramos en la abundancia. ¡Con lo que me dan para llevar la casa!

–A mamá le encantan los chistes –dijo el señor Joyboy.

–¿Chistes? ¿Consideras que es un chiste que tenga que llevar una casa con lo que me das y encima con visitas a cada momento? –Luego añadió clavando los ojos en Aimée–. Y en Vermont las chicas trabajan.

–Aimée trabaja mucho, mamá; ya te lo he dicho.

–¡Vaya trabajo! Si fuera hija mía no se lo permitiría. ¿Dónde para tu madre?

–Se fue al Este. Creo que ha muerto.

–Mejor muerta que viva en este sitio. ¿No crees? Así es como los hijos cuidan de los padres hoy en día.

–Vamos, mamá, tú no tienes motivo para decir estas cosas. Yo te cuido...

Más tarde, al fin, se presentó la oportunidad de que Aimée cogiera el portante sin que resultara demasiado descortés; el señor Joyboy la acompañó a la puerta.

–La acompañaría a casa –dijo– pero no me gusta dejar sola a mamá. El autobús para en la esquina. No tendrá problemas.

–Oh, claro que no –dijo Aimée.

–Mamá la ha encontrado muy simpática.

–¿Ah, sí?

–Pues sí. Se nota en seguida. Cuando una persona cae simpática a mamá, se nota en seguida por la naturalidad con que la trata, como a mí.

–Me trató con mucha naturalidad, eso sí.

–Le aseguro que sí. Sí, la ha tratado con naturalidad, no cabe duda alguna. Ha causado una gran impresión a mamá.

Aquella noche, antes de acostarse, Aimée escribió otra carta al Guru Brahmin.

El Guru Brahmin era dos hombres de rostro sombrío además de una vivaz y joven secretaria. Uno de los hombres sombríos era el que redactaba la columna del periódico, el otro, un tal señor Slump, se ocupaba de las cartas que requerían ser contestadas en privado. Antes de que entraran al trabajo, la secretaria repartía las cartas en sus correspondientes escritorios. En el del señor Slump, superviviente de los viejos tiempos de *Tía Lydia* y heredero de su estilo, había normalmente el montón más pequeño, porque a la mayoría de los que consultaban al Guru Brahmin les agradaba la idea de que sus problemas fueran expuestos al público. Les daba la sensación de que eran importantes y a veces daba pie a intercambiar cartas con otros lectores.

El perfume de la «Porción de la Jungla» todavía impregnaba el papel de la carta que había escrito Aimée.

«Querida Aimée –dictó el señor Slump, a la vez que

procuraba no romper con su hábito de fumar encadenando los cigarrillos–: Me preocupa un poquito el tono de su última carta.»

Los cigarrillos que fumaba el señor Slump no eran otra cosa que un especial preparado medicinal que, según aseguraban los anuncios, tenía el propósito de proteger el aparato respiratorio. No obstante, el señor Slump lo pasaba mal, y su secretaria con él, horriblemente mal. Cada día, durante horas todas las mañanas, era atacado por una tos que surgía de las infernales cavernas y solo podía ser calmada a base de whisky. Algunas mañanas, las peores, la secretaria estaba convencida de que el señor Slump iba a vomitar. Aquella era una de estas mañanas. Le dieron bascas, temblores, y tuvo que pasarse un pañuelo por la cara.

«Ninguna muchacha americana buena amante del hogar y dispuesta a crear el suyo propio debería tener motivo de queja ante el comportamiento que me describes en tu carta. Tu amigo te ha rendido el más alto tributo de que era capaz invitándote a conocer a su madre, y qué madre, si es una madre auténtica, no desea ser presentada a las amigas de su hijo. Llegará un día, Aimée, en que tu hijo querrá traer a casa personas para ti desconocidas. Tampoco me parece que le desmerezca en nada eso de que ayude a su madre en las tareas domésticas. Dices que estaba ridículo con el delantal puesto. Yo diría sin lugar a dudas que no hay otra cosa más digna que ayudar al prójimo sin tener en cuenta banales prejuicios humanos. La única explicación que yo encuentro a tu cambio de actitud es la de que tú no quieres a este hombre como él tiene derecho a esperar de ti, y en tal caso no te queda otro remedio que decírselo francamente en cuánto puedas.

»En cuanto a los defectos de tu otro amigo, tú eres perfectamente consciente de ellos y estoy convencido de que puedo confiar en tu sensatez y en que sabes distinguir entre brillantez y mérito. La poesía es una cosa muy hermosa, pero, en mi opinión, un hombre capaz de ayudar en las humildes tareas de la casa vale diez veces más que los más hábiles versificadores.»

–¿Te parece demasiado fuerte?

–Fuerte lo es, señor Slump.

–Caramba, qué mal me siento esta mañana. De todos modos esta chica debe de ser una mala pécora.

–No es la primera de esta clase.

–No. Bueno, rebaja un poco el tono. Ha llegado otra carta de la mujer que se come las uñas. ¿Qué le aconsejamos la última vez?

–Meditación en la Belleza.

–Dile que continúe meditando.

A quince kilómetros de distancia, en la sala de cosmética, Aimée dejó un instante su trabajo y releyó el poema que aquella mañana había recibido de Dennis.

Dios le puso ojos de gata
y se los pintó con fuego;
las cenizas del corazón me remueven
y las encienden de deseo.

Su cuerpo, una flor, su melena
jugando le besa el cuello.
Sus colores veo en todos sitios
y el sol se enorgullece de ellos.

Dulces son sus manitas y cuando
veo moverse los dedos
comprendo por qué algunos hombres
por menos de amor han muerto.

¡Ay, cariño, vive, preciosa! Mis ojos
como una oración la buscan...

Por la mejilla de Aimée corrió una lágrima solitaria, que fue a parar sobre la cerúlea máscara de la mesa. Se metió el manuscrito en el bolsillo de su bata de lino y sus dulces manitas comenzaron a moverse sobre el rostro del muerto.

En El Más Dichoso de los Cotos de Caza, Dennis dijo:
–Señor Schultz, quiero ganar más.

–De momento es imposible. No entra suficiente dinero. Lo sabe tan bien como yo. Gana cinco dólares más que su antecesor. No niego que usted los vale, Dennis. En cuanto mejore el negocio, le subiré el sueldo.

–Estoy pensando en casarme. Mi novia no sabe que trabajo aquí. Es una chica muy romántica. Me parece que no tiene muy buena opinión de este negocio.

–¿Ha encontrado algún empleo mejor?

–No.

–Pues dígale a su novia que se deje de romanticismos. Cuarenta dólares a la semana son cuarenta dólares a la semana.

–Totalmente en contra de mi voluntad, me he convertido en un personaje de Henry James. ¿Ha leído usted alguna de las novelas de Henry James, señor Schultz?

–Usted ya sabe que no tengo tiempo de leer.

–No vale la pena perder el tiempo leyendo muchos de sus libros. Todos sus relatos tratan de lo mismo..., de la candidez de los americanos y la experiencia de los europeos.

–Se cree que es más listo que nosotros, ¿eh?

–James era el prototipo del americano cándido.

–Bueno, no puedo sufrir a las personas que se dedican a hablar de sus compatriotas.

–Oh, si no los critica. Todas las historias acaban trágicamente.

–Bueno, a mí que nadie me venga tampoco con finales trágicos. Coja el ataúd por aquella punta. Nos queda solo media hora antes de que llegue el pastor.

Aquella mañana iba a celebrarse un entierro con toda la pompa, el primero desde hacía un mes. En presencia de una docena de personas de luto, el ataúd de un perro alsaciano fue descendido a la tumba recubierta de flores por todas partes. El reverendo Errol Bartholomew leyó las correspondientes oraciones.

«Todo perro nacido de perra está condenado a vivir poco tiempo y a ser desgraciado. Apenas nace es cortado como una flor; su paso por este valle de lágrimas es como el de una sombra, y siempre en movimiento...»

Luego, en la oficina, al entregarle el talón al señor Bartholomew, Dennis dijo:

–Dígame, ¿qué hay que hacer para ser clérigo no sectario?

–Esperar a que Te Llamen.

–Esto por descontado; pero una vez oída la llamada, ¿qué pasos hay que tomar? ¿Existe un obispo no sectario que ordena a los sacerdotes?

–Por descontado que no. Quien es llamado no requiere intervención de ningún ser humano.

–¿Basta con decir un buen día «soy sacerdote no sectario» y esperar a los parroquianos?

–Hay muchos gastos. Se necesita un local. Aunque los bancos se muestran bastante dispuestos a cooperar. Luego, por supuesto, a lo que hay que aspirar es a una parroquia radiofónica.

–Un amigo mío ha sentido la llamada, señor Bartholomew.

–Pues dígale que se lo piense mejor. Cada año hay más competencia, sobre todo en Los Ángeles. Las más recientes oficinas no sectarias están dispuestas a todo..., incluso a hacer psiquiatría y a celebrar sesiones de espiritismo.

–Malo.

–Totalmente desautorizado por las Escrituras.

–Mi amigo había pensado especializarse en funerales. Tiene contactos.

–Es perder el tiempo, señor Barlow. Se gana mucho más con las bodas y los bautizos.

–Es que a mi amigo no le inspiran demasiado las bodas y los bautizos. Lo que necesita es categoría. ¿No cree usted que un clérigo no sectario es socialmente igual a un embalsamador de cadáveres?

–Desde luego, señor Barlow. En el corazón de los americanos cala muy hondo el respeto hacia los ministros religiosos.

La capilla de Auld Lang Syne[1] se encuentra en un extremo del Parque, lejos de la Iglesia de la Universidad y

1. *Auld Lang Syne*: Tradicional balada escocesa de despedida (La canción del adiós).

del Mausoleo. Consiste en un edificio más bien bajo, sin campanario ni adornos de ninguna clase, más seductor que impresionante, dedicado a Robert Burns y a Harry Lauder, algunos de cuyos objetos aparecen expuestos en un anexo. La única nota de color del interior es la alfombra escocesa. El brezo que se plantó originariamente para que recubriera los muros creció excesivamente bajo el sol californiano, superando en tal medida el sueño del doctor Kenworthy que este acabó por arrancarlo y por tomar la decisión de enlosar el terreno inmediato a las paredes, lo que prestaba al conjunto el aspecto de un buen cuidado patio de recreo muy en consonancia con la tradición de estudios universitarios del país a cuyo servicio se encuentra. Pero los gustos del Soñador estaban muy poco predispuestos a apreciar la sencillez sin adornos ni tampoco a servir ciegamente la tradición. Lo suyo era innovar; dos años antes de que Aimée entrara a trabajar en el Claro de los Susurros, introdujo en el lugar, a pesar de su grave austeridad, un Nido de Amantes; no se trató en absoluto de un frondoso rincón como el de La Isla del Lago, sitio que ni pensado a propósito para escarceos eróticos, sino de algo con carácter, a su modo de ver, perfectamente escocés: el tipo de lugar idóneo para llegar a un acuerdo sobre precios y firmar un contrato. Se componía de un dosel y un doble trono de granito sin pulir. Entre los dos asientos una losa agujereada en forma de corazón, y detrás la siguiente inscripción:

El Trono de los Amantes

«Este trono se construyó con auténtica piedra escocesa de las montañas de Aberdeen. En él puede verse añadido el antiquísimo símbolo del Corazón de Bruce.

»Según la tradición, los amantes de los páramos escoceses que se juran fidelidad en este trono y juntan sus labios a través del Corazón de Bruce experimentarán goces sin cuento retozando juntos y serán vistos cogidos de la mano innumerables días calendos cual eterna pareja Anderson.»

La fórmula prescrita del juramento aparecía esculpida sobre un peldaño a una altura pensada expresamente para facilitar la lectura a los amantes que se hubieran sentado en el trono:

Las ondas secarse han
y las rocas fundirse
sin que yo a mi amor abandone
mientras corren las arenas de la vida.[1]

La idea cuajó en la imaginación popular y el sitio se convirtió en uno de los más concurridos. Pocas son las

1. Los versos son de Robert Burns y están escritos en escocés.

oportunidades de perder el tiempo. La ceremonia no dura más que un minuto y es corriente que a última hora de la tarde se llegue a formar una cola de parejas aguardando que les toque el turno mientras exóticos acentos bregan por pronunciar mal que bien el texto, que en labios de bálticos, judíos y eslavos cobra la característica cualidad de las jergas sagradas. Se besan a través del agujero y bajan para dejar el sitio a la pareja siguiente, embobada y en silencio muchas veces, ante la misteriosa ceremonia que acaban de celebrar. Nada de pájaros trinando. En su lugar, el agudo lamento de las gaitas por entre los pinos y lo que queda del bosquecillo de brezo.

A este lugar, a los pocos días de la cena con el señor Joyboy, una nueva Aimée apareció en compañía de Dennis, quien, al estudiar las esculpidas citas que, como era característico de todo el Claro de los Susurros, aparecían como por ensalmo un poco por todos lados, lanzó un suspiro aliviado al haberse dejado llevar por su personal repugnancia hacia los dialectos y no haber copiado ninguno de los textos de amor galante de Robert Burns.

La pareja esperó a que les tocara el turno y en su momento se sentó en el trono.

–Las ondas secarse han, amor mío –susurró Aimée. Su rostro quedaba graciosamente enmarcado en la ventana. Se besaron, luego descendieron solemnemente los peldaños y se abrieron camino entre la cola de parejas sin mirarlas ni una sola vez.

–¿Qué significa días calendos?[1]

–Nunca me he preocupado de saberlo. Debe parecerse a la noche de Año Viejo en Escocia.

–¿Y eso cómo es?

–Imagínate a la gente vomitando por las calles de Glasgow.

–Oh.

–¿Sabes cómo acaba el poemita? «Y ahora bajemos a tumbos de la mano cogidos, John. Y retocemos juntos abajo, John Anderson, mi John.»

–Dennis, ¿por qué son tan groseros los poemas que tú te sabes de memoria? Y pensar que quieres ordenarte pastor.

–Pastor no sectario; aunque en estas cuestiones soy bastante anabaptista. En fin, las parejas que se han comprometido pueden hacerlo todo sin pecar.

Al cabo de un breve rato, Aimée dijo:

–Tendré que escribir una carta al señor Joyboy y al..., a otra persona.

Aquella misma noche las escribió. Y salieron en el primer reparto de la mañana siguiente.

El señor Slump dijo:

1. Se refiere a la expresión escocesa *canty day* que aparece en la inscripción.

–Envíale la formularia carta de felicitación y consejo.
–Pero, señor Slump, se va a casar con el otro.
–Eso pásalo por alto.

A quince kilómetros de distancia. Aimée destapó el primer cadáver de la mañana. Se lo mandaba el señor Joyboy y tenía una expresión de pena tan grande que se le puso el alma en un puño.

El señor Slump llegó tarde y bebido.

–Ha llegado otra carta de la belle Thanatogenos –dijo el señor Slump–. Y yo que creía que habíamos terminado con la dama.

«Querido Guru Brahmin:

»Tres semanas atrás le escribí para decirle que todo estaba arreglado y que yo había tomado una decisión y me sentía feliz, pero resulta que no lo soy, que soy más desgraciada que nunca. Mi amigo inglés es muy tierno, a veces, y me escribe poemas, pero con frecuencia me pide cosas inmorales y cuando yo le contesto que hay que esperar, me replica con cinismo. Comienzo a dudar de que vayamos a crear un hogar americano los dos juntos. Dice que va a ser pastor. Bueno, ya le he dicho que yo soy progresista y que, por lo tanto, no tengo religión, pero no creo tampoco que la religión sea una cosa para tomarse a chacota porque ayuda a muchas personas a conseguir la felicidad y no todo el mundo está preparado, vista la fase de evolución en que nos hallamos, para ser progresista. Todavía no se ha hecho pastor porque dice que antes ha de terminar algo que ha prometido a alguien, pero no me cuenta de qué se trata y a menudo me pregunto por qué tanto secreto, si no es nada malo.

»Además tengo el problema de mi carrera profesional. Me ofrecieron un puesto que para mí representaba la gran oportunidad, y de pronto no me dicen nada más al respecto. El jefe del departamento es el señor de que le hablé que ayuda a su madre en las tareas de la casa, y desde el día que comprometí mi vida al amigo inglés y le escribí para darle la noticia, no me habla, a pesar de que con las otras chicas del departamento habla sobre cosas del trabajo. Y el sitio donde yo trabajo tiene como primera norma ser felices y todos dependemos del ejemplo de este señor para serlo, pero él no lo es nada, todo lo contrario a lo que debería ser. Hay días que incluso pone cara de mala persona y eso es lo último que hubiéramos esperado de él. Mi novio no hace más que bromear con su nombre. También me preocupa el interés tan grande que demuestra por mi trabajo. Ya sé que está muy bien que un hombre se muestre interesado por el trabajo de su chica, pero el suyo es excesivo. Me refiero a ciertos detalles técnicos de todo oficio que a la gente no le gusta comentar fuera del taller o despacho, y él no cesa de hacer preguntas precisamente sobre estas cuestiones...»

–Las mujeres son así –dijo el señor Slump–. Se les parte el corazón cuando tienen que rechazar a un hombre.

Era bastante corriente que sobre la mesa de trabajo de Aimée apareciera una carta por la mañana. Siempre que se peleaban la noche anterior, y no hacían las paces antes de despedirse, Dennis copiaba un poema antes de acostarse y lo dejaba en la funeraria cuando iba a su trabajo. Misivas que, con su hermosa caligrafía, sustituían últimamente las desaparecidas sonrisas de bienvenida; los seres queridos que llegaban en los carritos ponían unas caras tan tristes y llenas de reproches como las de su señor.

Aquella mañana Aimée llegó al taller todavía enfadada por la pelea de la noche anterior y encontró unos versos escritos y dedicados a ella. Al leerlos enterneciósele una vez más el corazón.

Aimée, tu belleza es para mí
como aquellas barcas de antaño...

El señor Joyboy cruzó las salas de cosmética en dirección a la puerta de salida, vestido de calle. Con la cara lastimosamente contraída de desdicha, Aimée le sonrió tímidamente; él respondió con una grave inclinación de la cabeza y pasó de largo, y entonces ella, llevada de un repentino impulso, escribió en el mismo papel del poema: «Trate de comprender, *Aimée»*, y, entrando furtivamente en la sala de embalsamamiento, lo dejó sobre el corazón de un cadáver que aguardaba ser atendido por el señor Joyboy.

El señor Joyboy regresó una hora más tarde. Ella le oyó entrar en su taller; oyó el ruido de los grifos al ser abiertos. No se volvieron a ver hasta la hora del almuerzo.

–Muy hermoso poema –dijo él.

–Lo ha escrito mi novio.

–¿El inglés con el que estaba el martes?

–Sí, en Inglaterra es un poeta muy importante.

–¿Ah, sí? No creo que nunca haya conocido a un poeta inglés. ¿Y no se dedica a otra cosa?

–Está estudiando para ser pastor.

–¿De verdad? Verá, Aimée, me interesaría mucho ver más poemas suyos.

–Vaya, señor Joyboy, no sabía que le interesaba la poesía.

–El dolor y los desengaños poetizan al hombre, por lo visto.

–Pues tengo muchos poemas. Los tengo aquí.

–Me gustaría mucho leerlos detenidamente. Ayer cené en el Club del Cuchillo y Tenedor y me presentaron a un hombre de letras de Pasadena. Me gustaría que él los viera. Quizá pueda ayudar a su amigo a abrirse camino.

–Oh, señor Joyboy, es usted muy caballeroso.

Ella no dijo más. Era la primera vez que intercambiaban tantas palabras desde que ella tenía novio. La nobleza de aquel hombre volvió a impresionarla.

–¿Cómo se encuentra la señora Joyboy? –preguntó con timidez.

–Mamá no está muy bien hoy. Acaba de tener una sensible pérdida. ¿Recuerda a Sambo, el loro?

–Claro que sí.

–Ha fallecido. Ya tenía sus años, por supuesto, pasaba de los cien, pero el desenlace ha sido muy repentino. La señora Joyboy está muy apenada.

–Cuánto lo siento.

–Sí, está apenada de verdad. Hacía tiempo que no la veía tan abatida. Esta mañana he ido a encargar el entierro. Por eso he tenido que salir. He ido al Más Dichoso de los Cotos de Caza. La ceremonia será el miércoles. Y precisamente quería pedirle un favor, señorita Thanatogenos, verá, mamá tiene muy pocos conocidos en este estado. Le haría mucho bien ver una cara amiga en el funeral. Era un pájaro muy sociable de joven, ¿sabe? Cuando vivíamos en el Este, y dábamos alguna fiesta, era el que disfrutaba más. Es muy triste que no asista ningún amigo a los ritos de su despedida.

–No se apure, señor Joyboy, será un placer para mí asistir.

–¿De veras, señorita Thanatogenos? Vaya, es muy amable de su parte.

Así fue como, por fin, Aimée puso los pies en El Más Dichoso de los Cotos de Caza.

Aimée Thanatogenos hablaba el idioma de Los Ángeles; los escasos objetos que amueblaban su mente –los objetos que saltaban a la vista de los intrusos– habían sido adquiridos en la escuela superior y en la universidad de la provincia; ante el mundo nunca dejaba de presentarse vestida y perfumada según mandaban los cánones de la publicidad; en cuanto a cerebro y a físico no se distinguía mucho de los demás productos de serie, pero el espíritu, ah, esto ya era otra cosa; al espíritu había que buscarlo por otros horizontes; no aquí en los fragantes jardines de las Hespérides, sino en el remoto aire matinal de las cumbres, en los desfiladeros de Hélade, bajo la mirada del águila. Un cordón umbilical de cafés y de fruterías, de ancestrales negocios sucios (prostitución y artículos robados) unía a Aimée, inconscientemente, con latitudes de más rango. A medida que fue haciéndose mayor, el único idioma que ella sabía hablar fue convirtiéndose en más y más inepto para expresar sus necesidades reales; los datos que ensuciaban su mente se fueron vaciando de contenido; la figura que veía reflejada en el espejo se parecía cada vez menos a ella misma. Aimée acabó por refugiarse entre paredes que rezumaban hieratismo y altivez.

Así se explica que el descubrimiento de que el hombre que ella amaba, y con quien se había comprometido mediante juramento de tiernísimas palabras, era un embustero y un tramposo la afectara solo en parte. Posiblemente se le destrozó el corazón, pequeño y poco costoso órgano salido de una fabricucha local. En cambio, a otro nivel, mucho más amplio, sintió que la situación se había simplificado. En su persona todavía guardaba la posibilidad de una magnánima concesión; la elección entre los pretendientes rivales había sido hecha escrupulosamente y con justicia. Y ahora ya no había razón para seguir dudando. Los voluptuosos y tentadores cuchicheos de la «Poción de la Jungla» fueron definitivamente silenciados.

Y sin embargo, para redactar la carta final al Guru Brahmin echó mano del idioma en que había sido enseñada.

El señor Slump iba mal afeitado; el señor Slump casi nunca estaba sobrio.

–El señor Slump se está acabando –comentó el director del periódico–. Si no se rehace pronto, échalo a la calle.

Sin darse cuenta del desastre que se le avecinaba, el señor Slump dijo:

–Maldita sea, de nuevo la pesada de la Thanatogenos. ¿Y ahora qué quiere, cariño? Yo esta mañana soy incapaz de leer una línea.

–Que ha tenido un terrible despertar, señor Slump. El hombre a quien ella creía amar ha resultado ser un embustero y un tramposo.

–Vaya, pues que se case con el otro.

–Es lo que va a hacer, señor.

El noviazgo de Dennis y de Aimée no había sido nunca anunciado en los periódicos, y no requería ser anulado públicamente. En cambio, el noviazgo del señor Joyboy y de Aimée salió comentado en media columna del *Periódico de las Funerarias* y anunciado con foto en *El Ataúd,* mientras que la revista de la casa, *Susurros del Claro,* dedicó casi un número entero a la romántica historia. Se fijó la fecha de la boda que iba a ser celebrada en la Iglesia de la Universidad. Como el señor Joyboy se había criado en la secta baptista, el sacerdote que tenía la costumbre de celebrar los funerales de los muertos baptistas ofreció con mucho gusto sus servicios. La encargada del vestuario regaló a la novia una de las blancas túnicas de las salas del sueño. El doctor Kenworthy sugirió la posibilidad de asistir en persona a la ceremonia. Los cuerpos que a partir de entonces llegaron a manos de Aimée sonreían siempre triunfalmente.

Y durante todo este tiempo Dennis y Aimée dejaron de verse. La última vez que ella le había visto, había sido junto a la tumba del loro, cuando con su frescura acostumbrada, al parecer él le había guiñado un ojo por sobre el espléndido y diminuto ataúd. En su interior, no obstante, no estaba tan tranquilo, ni mucho menos, y decidió esfumarse durante un par de días. Y entonces salió el anuncio del noviazgo.

No resultaba nada fácil para Aimée cortar la comunicación con alguien. Las circunstancias en que vivía no se prestaban a aquello de «Dígale al señor que he salido» ni a dar órdenes a los criados de no dejar pasar a Fulanito. Ella no tenía criados; y si llamaba el teléfono, contestaba siempre ella. Necesitaba comer. Necesitaba salir de compras. En fin, que en su vida se daban con suma facilidad los simpáticos y en apariencia casuales encuentros de que tanto abunda la vida social americana. Una tarde, poco antes del día fijado para la boda, Dennis se hizo el encontradizo, la siguió a un puesto de *nutburguesas* y tomó asiento en el taburete más próximo al de ella.

–Hola, Aimée. Quiero hablar contigo.

–Es inútil, nada de lo que me digas puede interesarme.

–Pero, querida, no te habrás olvidado de que prometiste casarte conmigo. Mis estudios de teología progresan. Se acerca el día en que iré a reclamarte.

–Antes muerta.

–Bueno, confieso que esta posibilidad no se me había ocurrido. Mira, hoy es la primera vez que me como una *nutburguesa.* Más de una vez me había preguntado qué era. No es tanto el asco que inspira, sino su total ausencia de sabor lo que más sorprende. Pero, vamos a ver, las cosas claras. ¿Niegas que me hayas jurado casarte conmigo?

–Una puede cambiar de parecer, ¿no?

–Bueno, pues la verdad, yo creo que no. Diste solemnemente tu palabra.

–En una situación totalmente falsa. Los poemas que me enviabas y que me presentabas como tuyos, y me hicieron creer que eran de una persona muy culta, hasta me aprendía trozos de ellos de memoria, resulta que son de otras personas, de gente que falleció hace cientos de años. ¡Qué humillación cuando lo descubrí!

–Conque ese es el problema, ¿eh?

–Y lo del espantoso Más Dichoso de los Cotos de Caza. Me largo. Se me ha terminado el apetito.

–Bueno, el sitio lo has escogido tú. Cuando te invitaba yo nunca te traía a tomar *nutburguesas,* acuérdate.

–Normalmente la que invitaba era yo.

–Detalle sin importancia. Y no vas a salir a la calle gritando así. Tengo el coche aparcado en la esquina. Te acompañaré a casa.

Salieron juntos del boulevard iluminado con luces de neón.

–A ver, Aimée –dijo Dennis–, no nos peleemos ahora.

–¿Pelearse? Te odio.

–La última vez que nos vimos éramos novios e íbamos a casarnos. Me parece que, por lo menos, me debes una explicación. De momento, la única queja que tienes de mí es que no soy autor de los poemas más famosos de la literatura inglesa. Bueno, ¿lo es Joyboy?

–Me hiciste creer que los habías escrito tú.

–En eso no eres justa, Aimée. Soy yo el que debiera sentirme tremendamente decepcionado al comprobar que he estado dedicando todo mi amor a una chica que no sabe nada de los tesoros más comunes de la literatura. Pero soy consciente de que tus criterios culturales son diferentes de los míos. Sin duda tú sabes mucha más psicología y mucho más chino que yo. Pero en el caduco continente de donde yo vengo, las citas son un vicio nacional. Antes se citaba a los clásicos, ahora a los poetas líricos.

–Nunca más volveré a creer una palabra de tus labios.

–¡Vamos! ¿Qué es lo que no crees?

–No creo en ti.

–Ah, esto es distinto. Es muy distinto no creer algo que no creer en alguien.

–Déjate de razonamientos.

–Bueno.

Dennis detuvo el automóvil junto a la acera, y trató de abrazar a la chica. Ella se resistió con furibunda agilidad.

Él no le dio importancia y encendió un puro. Aimée se acurrucó en una esquina, sollozando. Finalmente dijo:

–¡Qué entierro tan espantoso!

–¿El del loro de los Joyboy? Sí. Ya te diré por qué. El señor Joyboy insistió en que dejáramos el ataúd abierto. Yo traté de hacerle ver que era un disparate; al fin y al cabo soy un experto. Sé lo que me llevo entre manos en estos asuntos. El ataúd abierto es correcto en el caso de perros y gatos que yacen y se enroscan con naturalidad. Pero los loros no. Están absurdos con la cabeza sobre una almohada. Pero él resultó ser de un esnobismo ciego. Teníamos que hacer en el Más Dichoso de los Cotos de Caza exactamente igual que en el Claro de los Susurros. ¿O piensas, quizá, que todo fue un truco? Yo soy de la opinión de que el muy mosquita muerta lo que pretendía era hacer quedar en ridículo al loro para rebajarme a mí. Seguro que fue eso. A ver, ¿quién te invitó al funeral? ¿Conocías al muerto?

–Pensar que todo el tiempo que saliste conmigo ibas secretamente a aquel sitio...

–Oye, cariño, como buena americana deberías ser la última en despreciar a un hombre porque empieza por lo más bajo de la escala social. No pretendo ni mucho menos que en el mundo de las funerarias llegue a la categoría de tu Joyboy, pero piensa que soy más joven, mucho más guapo, y mis dientes no son postizos. Tengo un futuro en la Iglesia no sectaria. Hay fundadas esperanzas de que llegue a ocupar el puesto de capellán jefe del Claro de los

Susurros cuando el señor Joyboy esté todavía disecando cadáveres. Yo poseo dotes de gran predicador, al estilo del siglo XVII, como los metafísicos, más intelectual que sentimental. Un poco a la manera laudiana,[1] ceremonioso, locuaz, ingenioso, y desde el punto de vista doctrinal, libre de prejuicios; mangas anchas, pero...

–¡Oh, cállate! ¡Me aburres!

–Aimée, permíteme que como futuro esposo y director espiritual, te advierta que esta no es forma de hablar al hombre a quien amas.

–Yo no te amo.

–«Las ondas secarse han...»

–¿Y esto qué significa?

–«Y las rocas fundirse.» Eso sí lo entenderás. «Sin que yo a mi amor abandone...» ¿No pretenderás no entender eso? Es del estilo de los modernos cantantes. «No te abandonaré, amor, mientras corran las arenas de la vida.» Estas palabras del final, son un poco oscuras, lo confieso, pero el sentido general está clarísimo para el más sordo. ¿Ya no te acuerdas del Corazón de Bruce?

Cesaron los sollozos, y el silencio que siguió le hizo comprender a Dennis que en la exquisitamente vaga cabeza del rincón determinados procesos intelectuales acababan de ponerse en movimiento.

1. «Laudiana», de William *Laud*, arzobispo de Canterbury (s. XVI-XVII), que impuso un estilo en los sermones de la Iglesia anglicana.

–¿Bruce fue el autor del poema? –preguntó ella al fin.

–No. Pero sus nombres se parecen tanto que no importa.[1]

Otra pausa.

–¿Y Bruce, o como se llamara el autor, no dispuso una manera de anular el juramento?

Dennis no había contado demasiado en la ceremonia de la capilla de Auld Lang Syne. La había mencionado sin pensar, porque se le ocurrió de pronto. Pero al ver que iba de perlas, se abalanzó sobre la oportunidad.

–Escucha, tontaina, bombón. Te has metido en un buen dilema..., lo que en Europa diríamos un berenjenal.

–Llévame a casa.

–Como quieras, te lo explicaré por el camino. Tú crees que el Claro de los Susurros es la cosa más maravillosa después del cielo. Te comprendo. A mi tosca manera inglesa, comparto tu entusiasmo. Estoy proyectando una obra sobre el tema, pero siento tener que reconocer que no sería lícito decir en palabras de Dowson: «Si lo lees, lo entenderás.» Porque no lo entenderás, tesoro, ni una palabra. Pero eso no viene al caso. Resulta que tu señor Joyboy es la reencarnación del espíritu del Claro de los Susurros, el portavoz y mensajero entre el doctor Kenworthy y el resto de la humanidad. Mira, estamos obcecados con el Claro de los Susurros, los dos, «Medio enamorados con el

1. El autor es Burns.

sosiego de la muerte», como te dije una vez, y de paso, para ahorrarme más complicaciones, déjame aclararte que yo no soy el autor del poema, tú eres la vestal del lugar, y como es natural yo te quiero a ti y tú quieres al señor Joyboy. Los psicólogos te dirán que este tipo de cosas ocurren a diario.

»Es posible que según los elevados criterios del Soñador yo sea una persona llena de defectos. El loro estaba espantoso en el ataúd. ¿Y qué? Tú me querías y me juraste amor eterno con las palabras del más sacro juramento de la religión del Claro de los Susurros. Te das cuenta del dilema, berenjenal o callejón sin salida. Lo sagrado es indivisible. Si no es sagrado besarme a través del corazón de Burns o Bruce, tampoco lo será acostarse con el viejo Joyboy.

Continuó el silencio. Dennis había hecho mucha más mella de la que se había figurado.

–Hemos llegado –dijo deteniéndose delante de la casa donde vivía Aimée. No era momento, comprendió en seguida, de propasarse.

–Vete.

Aimée guardó silencio y estuvo unos instantes sin moverse. Luego susurró:

–En tu mano está liberarme del compromiso.

–Ah, pero no pienso hacerlo.

–¿Ni a sabiendas de que ya te he olvidado?

–No es verdad.

–Lo es. Cuando no te veo ya ni recuerdo qué cara tienes. Cuando no te tengo delante, no pienso nunca en ti.

Sola en la celda de cemento armado que ella denominaba su apartamento, Aimée fue presa de todos los demonios de la duda. Encendió la radio; una irracional tormenta de pasiones teutónicas se apoderó de ella hasta llevarla al abismo del frenesí; de pronto, bruscamente, terminó.

«Concierto que le llega a usted por merced de Los Melocotones Sin Hueso de Kaiser. Recuerde que no hay otro melocotón en el mercado tan perfecto y sin hueso. Cuando usted compra Melocotones Sin Hueso de Kaiser usted compra solo suculenta carne de melocotón y nada más...»

Entonces cogió el teléfono y marcó el número del señor Joyboy.

–Por favor, ven, te lo ruego, tengo problemas.

Del auricular salió un galimatías de lenguas, humanas e inhumanas, y en medio de todo aquello una voz semiapagada que decía:

–Habla más alto, nena. No te oigo.

–Que me siento mal.

–No es fácil oírte, corazón. Mamá acaba de comprar un pájaro nuevo y está enseñándole a hablar. Mejor será que lo dejemos de momento y ya hablaremos de ello mañana.

–No, cariño, ven a verme en seguida: ¿no puedes?

–Oye, corazón, no puedo dejar sola a mamá precisamente hoy, el día de la llegada del nuevo pájaro. ¿No crees? ¿Qué pensaría? Para mamá es una fiesta, nena mía. Tengo que hacerle compañía.

–Me preocupa nuestra boda.

–Ya, nena, ya me lo imagino. Surgen cantidad de problemas. Pero mañana podremos hablar con mayor tranquilidad. Procura dormir bien, corazón.

–He de verte.

–Oye, nenita, tendré que ponerme serio contigo. Obedece en seguida a papá o papá se va a enfadar mucho.

Ella colgó y otra vez volvió a consolarse con música de ópera; dejó que los sonidos le arrebataran todas las fuerzas y que el torbellino la entonteciera con el ruido. Cuando volvió el silencio, se le despertó algo el cerebro. Al teléfono otra vez. El periódico local.

–Quisiera hablar con el Guru Brahmin.

–No trabaja de noche. Lo siento.

–Es muy importante. ¿Puede darme el número de teléfono de su casa?

–Son dos. ¿Cuál quiere?

–¿Dos? No lo sabía. Quiero el del que contesta las cartas.

–Será el señor Slump, entonces, pero él abandona el trabajo pasado mañana y a esta hora de la noche no lo encontrará en casa. Llame y pregunte por él en la Taberna de Mooney. Es donde acostumbran a pasar unas horas por las noches todos nuestros redactores.

–¿Y se llama verdaderamente Slump?

–Es el nombre que me dio él, hermana.

Aquel día precisamente el señor Slump había sido despedido de su trabajo en el periódico. Todos los que trabajaban en la oficina habían estado con el alma en vilo, seguros de que iba a ocurrir, salvo el propio señor Slump, el cual se había marchado a contar la historia del golpe bajo que acababan de asestarle a diversas tabernas del barrio, poco propensas a simpatizar con las penas ajenas. El barman gritó:

–Al teléfono, señor Slump. ¿Todavía está?

Al señor Slump le pareció perfectamente concebible que fuera una llamada del editor de su periódico, arrepentido de la jugarreta que le había hecho; alargó el brazo para coger el auricular.

–¿El señor Slump?

–Sí.

–Por fin lo he encontrado. Yo soy Aimée Thanatogenos... ¿Se acuerda de mí?

Era difícil no recordar un nombre así.

–Claro –dijo el señor Slump por fin.

–Señor Slump, lo estoy pasando muy mal. Se acuerda del inglés que le decía por carta...

El señor Slump aplicó el auricular al oído del vecino, sonrió exageradamente, se encogió de hombros, luego lo colocó sobre el mostrador del bar, encendió un cigarrillo, tomó un trago largo, pidió otra bebida. De la madera manchada se elevaban los minúsculos ruidos de una voz ansiosa. Aimée tardó bastantes minutos hasta dar una idea clara de la situación. Luego el chorro de voz cesó y fue sustituido por breves y espasmódicos murmullos. El señor Slump volvió a ponerse al aparato.

–Oiga... Señor Slump... ¿Me escucha?... ¿Me ha oído?... Oiga.

–Bueno, hermana. ¿Qué pasa?

–¿Ha oído lo que le acabo de contar?

–Sí, claro.

–Bueno... ¿Qué he de hacer?

–¿Hacer? Escuche bien. Tome el ascensor y suba hasta el último piso. Busque una ventana que le caiga simpática y salte. Es lo mejor.

Se produjo un respingo mezclado con llanto y luego en voz queda:

–Gracias.

–Le he dicho que saltara de un último piso.

–Ya lo hemos oído.

–¿No he hecho bien?

–Tú sabrás, hermano.

–A ver, mierda. ¡Con un nombre así!

Dentro del armario del cuarto de baño de Aimée, entre los aparatitos y preparados que componen el surtido necesario para mantener a toda mujer sana, se encontraba el tubo de barbitúricos marrón imprescindible para su debido reposo. Aimée tragó la dosis acostumbrada, se tendió en la cama y se durmió. El sueño le llegó al poco rato, bruscamente, sin ceremonias, saludo ni caricia. Nada de voluptuosos estados preparatorios, de roces, vueltas, ascensos, de barreras que caen o de la sensación de flotar, de liberar la mente apegada a la tierra. A las nueve y cuarenta minutos de la noche estaba desvelada y mal, con la dolorosa sensación de que algo tiraba y contraía las sienes, de una forma seca; los ojos se le humedecieron y ella bostezó; de pronto fueron las cinco y veinte de la madrugada y volvía a estar despierta.

Todavía era de noche; el cielo no estaba estrellado y las calles desiertas estaban encendidas de luz. Aimée se levantó, se vistió y se echó a la calle, a la luz de las farolas. En el breve recorrido desde el apartamento hasta el Claro de los Susurros no se cruzó con un alma. El Portal Dorado permanecía cerrado a partir de medianoche hasta la mañana, pero había siempre una puerta lateral abierta para el personal que trabajaba de noche. Aimée entró y ascendió por el conocido camino asfaltado que llevaba a la plataforma de la capilla de Auld Lang Syne. Se sentó dispuesta a esperar.

Ya no sentía la ansiedad de unas horas antes. Sin saber cómo, en algún momento, durante las negras horas de ausencia, había dado con el consejo que necesitaba; tal vez había tomado contacto con los espíritus de sus antepasados, con el impío y atormentado pueblo que había desertado de los altares de los dioses, se había hecho a la mar y recorrido el mundo, perseguido por no se sabe qué furias, por caminos mezquinos y entre gente de bárbaras lenguas. Su padre había frecuentado el Templo del Evangelio de los Cuatro Cuadrados; su madre, borracha. Voces de la antigua Grecia apremiaban a Aimée a que saliera en busca de más altos destinos; las mismas voces que muy lejos de allí, y en otra época, habían cantado al Minotauro sus embestidas bajo tierra al final del pasadizo; que a ella le sonaban mucho más dulces cuando cantaban sobre las quietas aguas del puerto de Beocia, sobre los hombres armados y en silencio, esperando en la calma de la mañana, la escuadra inmóvil y anclada, y Agamenón apartando la vista; que le hablaban de Alceste y de la orgullosa Antígona.

El Oriente se iluminó. Las primeras horas de la revolución diurna y las únicas que no son mancilladas por el hombre. Guardaba cama hasta tarde en aquella zona del mundo. Exaltada, Aimée contempló cómo todas las estatuas se ponían a brillar, se emblanquecían y tomaban forma a la vez que la hierba iba pasando de plata y gris a verde. Sintió una caricia de calor. Luego, de pronto, por todas partes y hasta el horizonte donde le llegaba la vista el jardín se transformó en una danzarina superficie de luz, de millones de minúsculos arcos iris y de puntos de fuego; desde la caseta de control, el encargado había girado la espita y el agua salía a chorro por la red de agujereados tubos enterrados.

Se había hecho de día. Aimée bajó a paso vivo por el sendero de grava hasta la entrada de la funeraria. En recepción estaba todo el personal del turno de noche tomando café. Al pasar ella, le lanzaron una mirada inexpresiva, porque era normal que algo urgente surgiera a cualquier hora. Aimée tomó el ascensor hasta la última planta donde el silencio era absoluto y no había nadie, salvo los cadáveres tapados con sábanas. Sabía lo que buscaba y dónde iba a encontrarlo; una botella azul de boca ancha y una jeringa. No dejó ninguna carta de despedida o de disculpa. Sentíase muy lejos de las convenciones sociales y las obligaciones hacia el prójimo. Los protagonistas de la historia, Dennis y el señor Joyboy, habían sido olvidados. El asunto quedaba entre ella y la diosa a cuyo servicio estaba.

Fue mera casualidad que escogiera el taller del señor Joyboy para inyectarse.

El señor Schultz había encontrado a un joven para sustituir a Dennis, y Dennis ocupaba su última semana en el Más Dichoso de los Cotos de Caza en instruir al muchacho. El cual parecía inteligente y demostraba un gran interés hacia el precio de las cosas.

–Carece de su personalidad –dijo el señor Schultz–. No tendrá su mismo toque humano, pero me figuro que se sabrá ganar a la gente de otra manera.

La mañana de la muerte de Aimée, Dennis puso al joven a limpiar el cuarto de las máquinas del crematorio, mientras que él se ocupaba de estudiar los sermones del curso que estaba siguiendo por correspondencia, hasta que se abrió inesperadamente la puerta y cuál no sería su sorpresa al ver entrar al remoto conocido y rival en amores, señor Joyboy.

–¡Señor Joyboy! No se le habrá muerto otro loro, ¿verdad? –dijo Dennis.

El señor Joyboy se sentó. Puso una cara horrorosa. Al ver que no había nadie más en la estancia, arrancó a balbucir.

–Se trata de Aimée –dijo por fin.

Dennis replicó finamente irónico:

–¿No habrá venido a encargarle el funeral?

A lo cual el señor Joyboy contestó gritando con un repentino ataque de furia.

–¡Conque usted ya lo sabía! Ha sido usted quien la ha matado. Usted ha matado a mi nena.

–Joyboy, ¿qué locura es esta?

–Ha muerto.

–¿Mi prometida?

–Mi prometida.

–Joyboy, no discutamos ahora. ¿Por qué cree que está muerta? Ayer la vi cenando y estaba estupendamente.

–Está en mi taller, debajo de una sábana.

–Bueno, esto es lo que sin duda sus periódicos tildarían de «concreto». ¿Está seguro de que es ella?

–¡Cómo no voy a estar seguro! Ha sido envenenada.

–¡Ah! *¡La nutburguesa!*

–Con cianido. Injerencia voluntaria.

–Bueno, eso requiere pensarlo con calma, Joyboy. –Silencio–. Yo la quería.

–Yo también.

–Se lo ruego.

–Era mi nena.

–Le ruego que no mezcle términos de índole íntima y sugeridores de un afecto algo peculiar en lo que debería ser una conversación de la más grave importancia. ¿Qué ha hecho usted?

–Examinarla y después taparla. Tenemos unas neveras en las que a veces guardamos el trabajo hecho a medias. La he metido en una de ellas.

Se echó a llorar tempestuosamente.

–¿Y por qué viene a decírmelo a mí?

El señor Joyboy lanzó un respingo.

–No le he oído bien.

–Para que me ayude –dijo el señor Joyboy–. Usted tiene la culpa. Tiene que hacer algo.

–Este no es momento de recriminaciones, Joyboy. Pero permítame que le recuerde que usted es el prometido oficial y público de la muchacha. Dadas las circunstancias, las muestras emotivas son naturales, hasta cierto punto, sin exagerar. Yo nunca la tomé por enteramente cuerda. ¿Y usted?

–Era mi...

–No vuelva a decirlo, Joyboy. Si vuelve a decirlo le hago salir.

El señor Joyboy volvió a ser un mar de lágrimas. El aprendiz abrió la puerta y permaneció un instante cohibido ante el espectáculo.

–Entra –dijo Dennis–. Es un cliente que acaba de perder a su animalito favorito. Tendrás que acostumbrarte a las demostraciones de dolor. ¿Qué querías?

–Decirle que el horno de gas vuelve a funcionar a la perfección.

–Estupendo. Bueno, ahora ve a limpiar la furgoneta. Joyboy. –Reanudó al encontrarse de nuevo solo–. Le ruego que se sobreponga y me diga sin rodeos a qué ha venido. De momento lo único que oigo es una especie de letanía de mamás, papás y nenas.

El señor Joyboy cambió de ruido.

–Ha sonado como a «doctor Kenworthy». ¿Es lo que está tratando de decir?

El señor Joyboy se atragantó.

–¿Está enterado el doctor Kenworthy?

El señor Joyboy lanzó un gemido.

–¿No sabe nada?

El señor Joyboy se atragantó.

–¿Quiere que le dé yo la noticia?

Gemido.

–¿Quiere que le ayude a mantenerle ignorante de este asunto?

Mal trago.

–Bueno, esto no es una sesión de espiritismo, ¿sabe?

–Arruinado –dijo el señor Joyboy–. Mamá.

–¿En su opinión su carrera sufrirá un descalabro si el doctor Kenworthy descubre que usted ha guardado el cadáver envenenado de su prometida en la nevera de la funeraria? ¿Que hay que procurar que no se entere por consideración a su madre? ¿Me está usted proponiendo que le saque yo el muerto de encima, Joyboy?

Trago y luego un chorro de palabras.

–Tiene que ayudarme..., ha pasado por su culpa..., una simple chica americana..., poemas falsos..., amor..., Mamá..., nena..., ayúdeme..., tiene que..., tiene que...

–Oiga, no me gusta que repita tiene que, Joyboy. ¿Sabe usted lo que dijo la reina Isabel a su arzobispo..., que, dicho sea de paso, era un personaje fundamentalmente no sectario?: «Hombrecito, hombrecito, *tener que* no es verbo apto para príncipes.» Dígame: ¿quién más tiene acceso a la nevera? –Gemido–. Bueno, váyase ya, Joyboy. Vuelva a su trabajo. Pensaré sobre el asunto. Venga a verme después del almuerzo.

El señor Joyboy se marchó. Dennis oyó el ruido del coche. Entonces se fue solo al cementerio de los animales domésticos para dar rienda suelta a reflexiones que por nada del mundo hubiera querido comunicar al señor Joyboy.

Reflexiones que fueron interrumpidas por una presencia más familiar.

El tiempo había refrescado y sir Ambrose llevaba pantalones de lana escocesa, capa y gorra de rastreador, conjunto que él había lucido en muchas comedias de la vida campestre inglesa. Llevaba, además, cayado de pastor.

–Ah, Barlow, veo que trabaja duro –dijo.

–Hoy es de las mañanas menos cargadas. ¿Espero que no sea una pérdida el motivo de su visita?

–No, no. En este país jamás he tenido animales en casa. Y los he echado mucho de menos, se lo aseguro. Yo me crié entre perros y caballos. Me imagino que usted también, de modo que no lo interprete mal cuando le digo que este no es país para ellos. Una nación espléndida, por descontado, pero un verdadero amante de perros jamás criaría uno en ella.

Guardó silencio y se dedicó a observar los modestos monumentos del entorno.

–Un sitio atractivo. Me apena saber que lo deja.

–¿Ha recibido entonces una tarjeta mía?

–Sí, la llevo aquí. Primero pensé que era una broma, de bastante mal gusto, dicha sea la verdad. Pero va en serio, ¿no es así?

Del fondo de los pliegues extrajo una tarjeta impresa que entregó a Dennis. Rezaba así:

«El reverendo Dennis Barlow, jefe de batallón, desea anunciarle que dentro de poco abrirá una oficina en Arbuckle Avenue, 1154, Los Ángeles. Servicios no sectarios de todas clases serán administrados a precios verdaderamente competitivos. Especialidad en funerales. Confesiones en el más estricto secreto.»

–Sí, va en serio –dijo Dennis.

–Ah. Me lo temía.

Otro silencio. Dennis dijo:

–Una agencia se ha ocupado de enviar las tarjetas, ¿sabe? Yo ya me imaginaba que usted no estaría interesado.

–Se equivoca, lo estoy. ¿Dónde podemos hablar sin ser molestados?

Dennis sugirió refugiarse en el interior de la casa, y se preguntó extrañado si sería su primer cliente. Los dos ingleses se sentaron en la oficina. El aprendiz asomó un instante la cabeza, para dar parte del impecable estado de la furgoneta. Finalmente sir Ambrose habló:

–Esto no puede ser, Barlow. Permítame que como persona mayor me atribuya el privilegio de hablarle con toda franqueza. Es una locura. Al fin y al cabo usted es inglés. La gente de aquí son de un compañerismo maravilloso, pero ya sabe lo que siempre pasa. Incluso entre los mejores, se cuela alguno podrido. Usted está tan familiarizado como yo con la situación internacional. Siempre hay varios políticos y periodistas dispuestos a asestar un golpe al País Madre. Y lo que usted quiere hacer es una tentación demasiado irresistible. Ya no me gustó cuando supe que se metía a trabajar en esto. Y se lo dije francamente. Pero por lo menos esto es algo de naturaleza más o menos particular. En cambio la religión es harina de otro costal. Imagino que usted espera encontrar una idílica parroquia en pleno campo. La religión en este país funciona de manera distinta que en el nuestro. Hágame caso, que me lo conozco bien.

–Me parece raro que usted me diga eso, sir Ambrose.

Uno de mis principales objetivos era mejorar mi posición social.

–Bueno, olvídelo, créame, antes de que sea demasiado tarde.

Sir Ambrose habló largo y tendido sobre la crisis industrial de Inglaterra, de la necesidad de hombres jóvenes y de dólares, del esforzado cometido de toda la comunidad cinematográfica para mantener muy en alto la bandera nacional.

–Regrese a casa, muchacho, el país le necesita.

–El hecho es –dijo Dennis– que mi situación ha sufrido un cambio importante desde que redacté este anuncio. La llamada que oí se ha debilitado en gran manera.

–Magnífico –dijo sir Ambrose.

–Pero existen determinadas dificultades de orden práctico. He invertido todos mis ahorros en el estudio de la teología.

–Ya me esperaba algo por el estilo. Y ahora es cuando interviene el Club de Críquet. Confío en que nunca tengamos que negar ayuda a un compatriota en situación difícil. Ayer noche hubo una reunión del comité y salió su nombre. El acuerdo fue unánime. Para decirlo en breves palabras, muchacho, nosotros te pagaremos el pasaje.

–¿En primera clase?

–Clase turista. Me han asegurado que es muy confortable. ¿De acuerdo?

–¿Salón en el tren?

–Sin salón.

–Bueno –dijo Dennis–. Me figuro que como clérigo tendré que comenzar a acostumbrarme a cierta austeridad.

–Así se habla –dijo sir Ambrose–. He traído el talón. Lo firmamos ayer.

Horas más tarde reapareció el embalsamador de la funeraria.

–¿Ha logrado sobreponerse por fin? Siéntese y escuche con atención. Usted, Joyboy, tiene dos problemas, y quede muy claro que son sus problemas, exclusivamente. Usted tiene a su cuidado el cadáver de su prometida y su carrera está en peligro. De eso se derivan dos problemas, deshacerse del cuerpo y justificar su desaparición. Usted acude a mí pidiendo ayuda y sucede que yo me encuentro en situación de ser el único que puede prestársela.

»A mi disposición tengo un crematorio que funciona a las mil maravillas. En El Más Dichoso de los Cotos de Caza el personal es bastante despreocupado. No se requieren formalidades especiales. Si yo llego con un ataúd y le digo al señor Schultz: «He de incinerar una oveja», él me contesta: «Pues hágalo». Antaño usted me pareció mostrar una actitud más bien desdeñosa hacia nosotros precisamente a causa de nuestra falta de ceremonial. Me imagino que ahora ve las cosas de modo distinto. Lo único que tenemos que hacer es ir a recoger a nuestro ser querido, y ya me perdonará el atrevimiento, y traerlo aquí. El momento más apropiado será esta noche, después de cerrar.

»Segundo, usted tiene el problema de justificar la desaparición. La señorita Thanatogenos no conocía a mucha gente y no tenía familia. Desaparece en las vísperas del día de la boda. Se sabe que yo la había pretendido. Nada más verosímil, pues, que su buen gusto natural haya finalmente triunfado y que decida fugarse con su antiguo amante. ¿No cree? Lo único que se necesita es que yo también desaparezca. Usted ya sabe que en el sur de California nadie se preocupa de lo que sucede al otro lado de las montañas. Es muy posible que ella y yo seamos severamente condenados por motivos éticos. Usted seguramente será el destinatario de inoportunas condolencias. Y asunto terminado.

»Hace tiempo que me siento oprimido por la falta de poesía de la atmósfera de Los Ángeles. Tengo una obra que crear y este no me parece el lugar idóneo. Si me quedé fue por nuestra joven amiga, ella y la falta de dinero. Y a propósito de dinero, Joyboy. Imagino que debe de tener ahorrado bastante dinero, ¿no?

–Tengo un seguro.

–¿Cuánto puede sacar con esto? ¿Cinco mil dólares?

–No, no, nada de eso.

–¿Dos?

-No.

–¿Cuánto entonces?

–Mil, quizá.

–Vaya a sacar mil, Joyboy. Que los vamos a necesitar. Y además cóbreme este talón. Todo junto será bastante. Le pareceré sentimental, pero me hace gracia salir de Estados Unidos de la misma manera que entré. El Claro de los Susurros no puede demostrar ser menos generoso que los estudios de la Megalopolitan. Del banco vaya a una agencia de viajes y sáqueme un pasaje para Inglaterra..., salón hasta Nueva York, camarote de primera individual en un Cunard, con baño. Necesitaré mucha moneda al contado para los gastos inmediatos. De modo que entrégueme el resto en billetes, cuando me traiga el pasaje. ¿Comprendido? Muy bien, estaré frente a su funeraria, con la furgoneta, después de cenar.

El señor Joyboy esperó a Dennis a la entrada lateral de la funeraria. El Claro de los Susurros estaba muy bien preparado para la rápida entrada y salida de restos mortales. Colocaron el contenedor más grande que Dennis había podido encontrar sobre un rápido y silencioso carro de ruedas, al principio vacío, después lleno. Se fueron al Más Dichoso de los Cotos de Caza donde las cosas eran más improvisadas, pero entre los dos pudieron, sin grandes dificultades, transportar a pulso la carga hasta el crematorio, y meterla en el horno. Dennis dio el gas y lo encendió. Las llamas trataron de escapar alocadamente de todos los lados de la construcción de ladrillo. Dennis cerró la puerta de hierro.

–Calculo que tardará una hora y media –dijo–. ¿Quiere esperar?

–No soporto la idea de perderla de esta forma..., le gustaba que las cosas estuvieran bien hechas.

–Yo hubiera preferido celebrar una ceremonia. Hubiera sido la primera y la última de mi carrera no sectaria.

–No, hubiera sido peor –dijo Joyboy.

–Bueno, voy a recitar un poemita que he escrito para la ocasión: «Aimée, tu belleza es para mí como aquellas barcas de antaño...»

–Oiga, este no. Es uno de los poemas falsos.

–Joyboy, haga el favor de comportarse. Recuerde dónde se encuentra. «Que deslizándose sobre el oloroso mar Al fatigado caminante llevaron Hasta su propio puerto natal.» Muy a propósito, ¿no cree?

Pero el señor Joyboy se había ido.

El fuego continuó rugiendo dentro del horno de ladrillo. Dennis tuvo que esperar hasta que se consumiera. Tenía que sacar con un rastrillo las cenizas incandescentes, machacar el cráneo y la pelvis, seguramente, y esparcir los fragmentos. Mientras esperaba pasó a la oficina e hizo una anotación en el libro que guardaba para ello.

Mañana, y todos los años en el día del aniversario, mientras existiera El Más Dichoso de los Cotos de Caza, una tarjeta sería enviada al señor Joyboy: *«Su pequeña Aimée mueve esta noche la cola en el cielo, y piensa en usted.»*

«Como aquellas barcas de antaño (repitió)
que deslizándose sobre el oloroso mar
al fatigado caminante llevaron
hasta su propio puerto natal».

En la última noche que Dennis pasó en Los Ángeles, descubrió que el Destino le protegía. Otros hombres de mayor mérito que él, habían naufragado y sucumbido. Las playas de la zona estaban llenas de huesos de cadáveres. Él, en cambio, se marchaba incólume y enriquecido. No había dejado de contribuir lo suyo al naufragio general, le habían destrozado el corazón, órgano que desde hacía tiempo comenzaba a serle molesto, y en cambio se llevaba lo que más aprecia un artista, un cacho considerable, informe, de experiencia; se lo llevaba a casa, a su antiguo y destartalado puerto; para trabajarlo duramente y por largo tiempo, solo Dios sabía por cuánto. A menudo, para conseguir semejante visión, toda una vida no es suficiente.

Cogió la novela que la señorita Poski había dejado sobre su mesa y se marchó a esperar que su ser querido acabara de arder.